文春文庫

還暦着物日記

群　ようこ

文藝春秋

還暦着物日記◉目次

向田邦子の着物

還暦着物日記

※着物、帯、小物はすべて著者の私物。エッセイに書いたものと、普段よく着る組み合わせを選んで撮影。
ただし、小物のコーディネートと一部帯の組み合わせは、「衣裳らくや石田」石田節子選。

一月

一月×日　珍しくおだやかなお正月である。着物を着たくなったので、灰色の地に赤、濃紺、緑色の細縞が入っている、伊兵衛織に半巾帯。それに上っ張りを着て過ごしていたが、やはりうちのネコが、私が着物を着ていると、

「あんた、どこかに出かけるんじゃ……」

と疑いの目を向けてきた。

「どこにも行かないから大丈夫」

といっても、疑いの目つきは変わらず。いつも朝御飯を食べたらすぐに寝るのに、見張っているのか半眼のままじーっと私を監視している。

「大丈夫、おかあちゃんは今日は絶対に出かけないから。ただ着物を着てるだけだよ」

と体を撫でながら、何度も説明してやっと、

「ふん、それなら信じてやるか」

といった態度で、自分のベッドの中に入っていった。寝ているはずなのに、ちょっとでもその場を離れると、

「にゃあーっ」

と大声を出して呼ぶ。

「はい、ちゃんといますよ」

と返事をすると、安心してまた寝る、というのを何度繰り返したことだろうか。着物ではなく、ロングワンピースを着ているふうに思わせる方法はないだろうかと考える。

てるてる坊主状態になるのを承知で、丈の長いかっぽう着＋衿元をスカーフで隠すとか……。それくらいしか思いつかない。

一月×日　翌日、衿元のVの打ち合わせがだめなのかもしれないと、昨日と同じ着物と帯に、スカーフを巻いて上っ張りの中に入れ、着物の衿元が見えないようにした。しかし疑いの目つきは変わらない。たしかに着物＝おでかけ＝お留守番の図式が、ネコの頭の中にあるのは事実なのだが、どうやって着物を識別しているのかはわからない。試しに同じ上っ張りの下にチノパンツや、ロングスカートを穿いてみたら何もいわなかった。何とか快く家での着物を許してもらいたいものである。

一月×日　新刊本の取材を受けるため、青色地に赤、生成、黒などの格子が織り出された伊兵衛織に、チベタンラグを象《かたど》った名古屋帯を締めていく。肌着は簡単に和装ワンピースにした。私はウエストではなく尻に肉がつくタイプなので、上下別々の肌着だとウエスト周辺に余った布地を補整がわりに使えて、帯が安定するのだが、ワンピース式だとウエスト部分に隙間が空いて、帯を締めるときにやや不安定な感じになる。しかし今回は着物が地厚なのでウエスト回りは安定していた。

着物の肌着は何種類か持っていて、上に着る着物や季節によって変えている。いちばん最初はワンピース形を愛用していたが、裾除けの下半身ラインの矯正のすごさに驚い

結城紬の着物

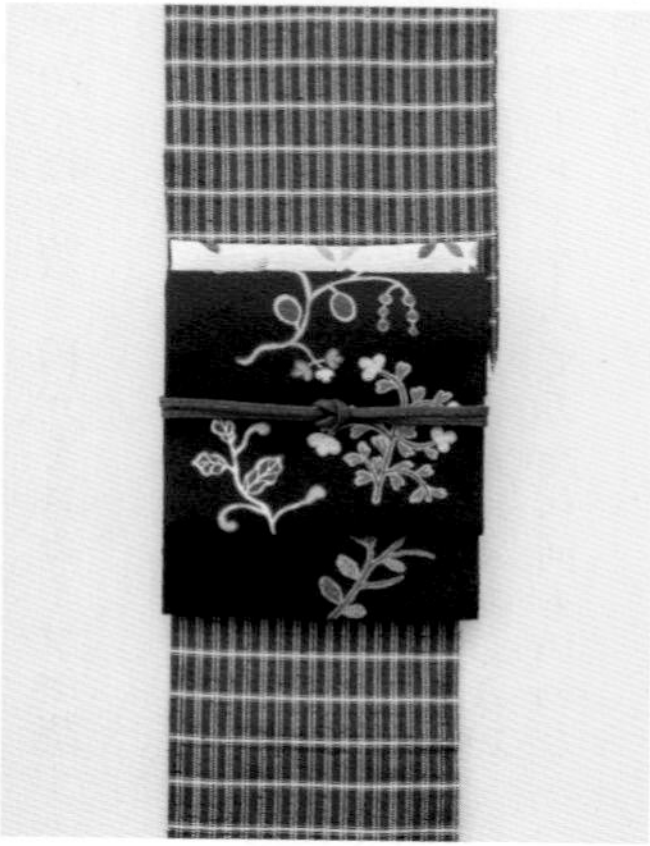

伊兵衛織に「洛風林」の京袋帯

同じ伊兵衛織に半巾帯
（帯は石田節子選）

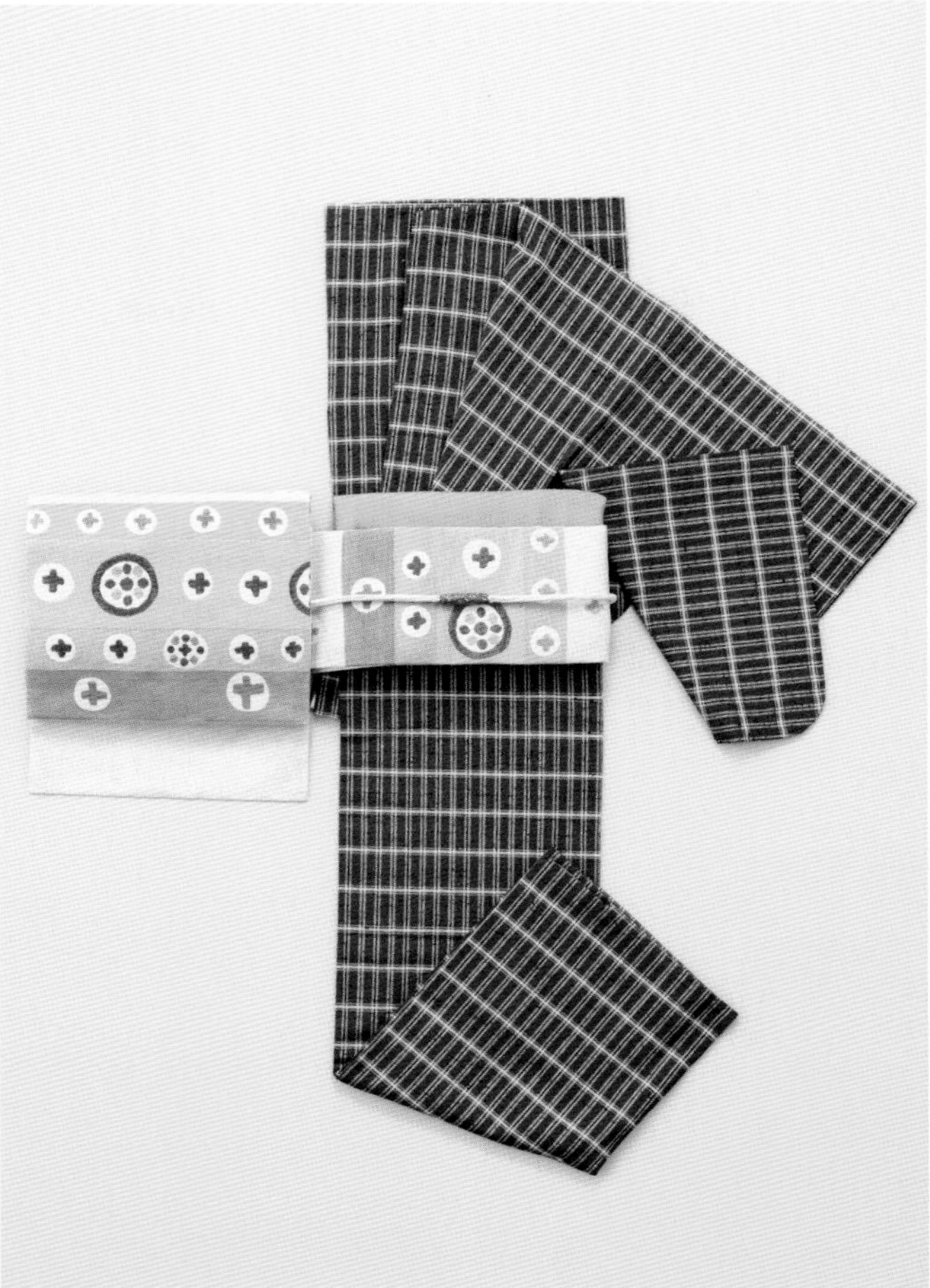

青地に格子柄の伊兵衛織にチベタンラグを象った名古屋帯

て、肌襦袢《はだじゅばん》＋ステテコ＋裾除けにしていたところ、肌襦袢の着方がどうしてもうまくいかないのでやめてしまった。

冬場に愛用しているのは、「装道」の『着るブラジャー』である。これは和装ブラとババシャツが合体したもので、上半身がこれ一枚で済むので、寒い時季に使うようになった。

下半身は、それほどでもない寒さのときは、「ミヤシタ」の足袋形の『タビスト』のハイソックスタイプにシルクのステテコ。私が持っているのは、ずいぶん前に買いだめしたもので、一般的なストッキングと同じ薄さだが、今のものはそれに比べて厚手になっているようだ。もっと寒いときには『ヒート＋ふぃっと』のステテコを穿く。それでも風が強くて冷えが気になる場合は、「たかはしきもの工房」の東《あずま》スカートにしている。

ステテコを穿くのならば、裾除けはいらないといわれるのだけれど、東スカートのときはともかく、裾が翻ったときに、足がにょきっと見えるのがいやなので、ステテコは私には必須なのである。また最近は地震や事故も多かったりするので、何かが起こったときに、避難、移動する際にも下にステテコを穿いていると、何かと安心できるような気がするのだ。端切れで柄物のシルクのステテコを縫いたいと思いつつ、全く手をつけていない。

帰りに食材の買い物をした店で、レジ担当の三十代後半くらいの女性に、

「今日は何かの会ですか」

と聞かれた。

「そうではないです。ふだんにちょこちょこ着ているので」

と答えると、彼女は、

「ふだんから着物を着ているのはいいですね。私も日本の文化の継承のために、着物を着なくてはと、今年になって考えたんです。着付けも習おうかなって思いはじめて」

という。

「そうですか。それはいいですね。どんどんお召しになってください」

といって店を出た。

家までの道すがら考えてみると、私は日本文化の継承のために着物を着ようと思ったことはない。単純に衣服として好きだから着ているのにすぎない。洋服に比べて和服のほうがより好きだが、もちろん洋服も素敵だなと思うし、たまには欲しくもなる。洋服は着たいときに着るし、着物も着たいときに着る、ただそれだけである。毎日着なくてはいけないとも思っていないし、着物を着る人が増えたらいいけれども、啓蒙活動をする気もない。着たい人が着たいときに着ればいいのである。

一月×日　友だちと着物のランチ会。母のところからまわってきた、ざざんざ織に、お正月なのでちょっと改まった感じの、笹蔓紋《ささづる》を漆で織り出した袋帯を締めようとしたのだが、久しぶりに袋帯を畳紙《たとう》から取り出したら、あまりの長さにうんざりしてしまった。

インドネシアのバティックを使った木綿帯

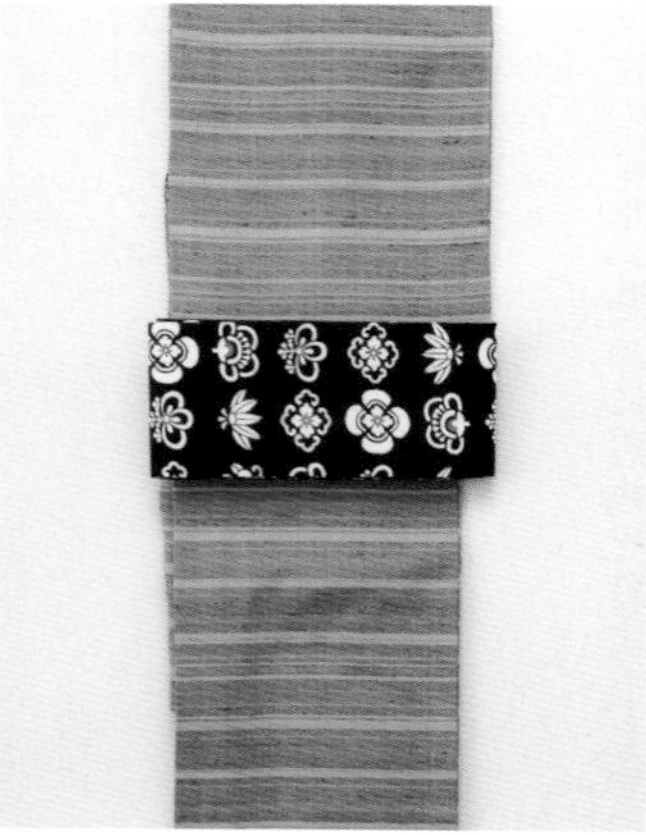

染めの半巾帯

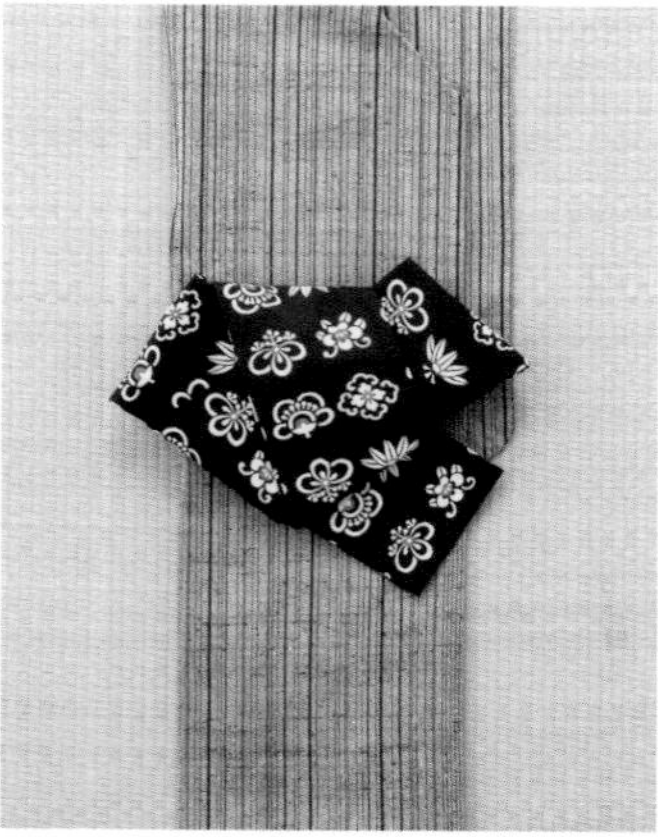

お正月に着た灰色地細縞伊兵衛織。
半巾帯の結び方は矢の字

母からのざざんざ織に笹蔓紋漆織袋帯。帯締めは琥珀の組み出し

たぐってもたぐっても「たれ先」が見えず、やっと端っこが見えて、さあ、締めようと思ったらすでに疲れてしまった。

長めに「手」を取り、仮紐を使って二重太鼓を作ろうとしたものの、あまりにたれが長すぎて、たくし上げた部分が、お太鼓の天井にくっついてなおかつ折れ曲がるほどだ。はああ〜とため息をついて、最初からやり直し。帯自体はとても締めやすいのだが、とにかく長いのに閉口する。決して私のウエストが細いわけではない。手をもっと長めにとっても、お太鼓の中がたくし上げた部分でいっぱいになってしまう。前結びにしようとしても長さを持て余すのには変わりがない。

「ああ、もういやっ」

短気な私は、袋帯を衣裳敷きの上に落とした。そして急いで押し入れを捜索し、昔、購入した、セットさえしておけば、すぐに二重太鼓が身につけられる、帯結びの補助器具を取り出し、

「今日はこれに頼るしかない」

と判断して、あわててセットした。買った当初はどうやってセットしていいのか、何が何やらわからなかったが、やっとしくみがわかったので、何とかセットして装着し、外に出られるような格好になった。

食事をしたお友だち二人に、事情を説明した。

「そういえば、ふだんと違って胴回りの感じが、ちょっと太めだと思った」

そういったのは、私よりも一歳お姉さんで、長い間、ファッション業界や、企業のコンサルティングの仕事をしていた傍ら着付けを学び、機が熟して「〆のや」という屋号で着物のスタイリングの仕事をはじめた木村さんである。彼女は私の洋服選びを厳しくチェックしてくれた人でもある。

「ちゃんと自分で結べるんだから、道具を使わなくても大丈夫でしょう」

「それが久しぶりに袋帯を締めようとしたら、まさに格闘っていう感じになっちゃって、出かける前からへとへとになりそうだったから、頼っちゃったのよ」

「長い帯ってあるものね」

「長さが統一されてないのが困るのよ」

そういったのは、私よりも四歳お姉さんのDさんである。木村さんは長い帯の対処法として、

「お太鼓の中で天井についちゃうんだったら、中で二つ折りにしたらどうかしら」

とアドバイスしてくれた。たしかに余りを中で胴帯側に折ってしまえば問題はない。

「なるほど。そういう方法もあるのね」

と感心しつつ、木村さんの行きつけの中華料理店で、おいしいランチをいただいた。

Dさんは用事があって先に帰られ、木村さんとお茶を飲もうと喫茶店を探したものの、どこも一杯で入れる店が皆無。仕方がないので少し離れているホテルまで歩き、ラウンジでやっと座れてお茶が飲めた。

伊兵衛織に、袋帯は「流美唐草」

山下八百子作、鳶八丈の着物に名古屋帯「インド花鳥文」

十日町伝承紬

家に帰って袋帯を器具からはずし、練習のために結んでみた。手を長く取って、いつもは帯を結ぶときには、背中で折りたたむ方法なのだが、なるべくたれの部分が短くなるように、お太鼓を作る前にひと結びしてみたら何とか結べた。

それでもお太鼓のなかに折り上げた部分は天井にくっついているので、これが折り上げる限界の長さだろう。横から見て見苦しければ、木村さんのアドバイスのように、その分を二つ折りにすれば目立たない。この状態でも手の余り分をお太鼓の中に二十センチ、たたんで入れるほどだった。

彼女に教えてもらった袋帯の標準的な長さは四メートル三十センチから四メートル五十センチだったが、この帯は四メートル七十センチ近くあった。今年の目標は「袋帯を背中で結べるようになること」になった。練習のために外出の際は、積極的に袋帯を締めていくことにしよう。

以前、袋帯を締める練習用にと、超安値で購入した新品の帯がある。同じ柄や柄違いが何本もあったので在庫品だったらしい。表は若草色の地に銀色の松皮菱がとんでいる、お茶席にも向きそうな品のいい柄なのだが、どういうわけか裏地がきんきらきんの安っぽい金色で、表地の雰囲気を裏地がすべてぶちこわしている、不思議な帯なのである。しかしこの帯だとどういうわけか、もちろん仮紐は使うけれども、スムーズに袋帯を結べる。なのに他の帯だとうまくいかない。難しいものである。

一月×日　私の着物の収納についてよく聞かれるのだけれど、六畳の和室が着物用になっていて、手持ちのなかで価格順に着物、羽織等を入れている桐簞笥が二棹《さお》。半衿、帯締め、帯揚げ、足袋が入っている小物用桐簞笥。肌着、自宅で洗える木綿着物が入っている、無印良品の衣裳ケースの三段重ね。高さ一メートルほどの、ステンレス製の棚は厚手の大判の布で覆い、畳紙に入れた夏帯が積んである。着物をハンガーにかけてひきずらない高さのドレスラックが一台。衿つき筒袖半襦袢や夏の襦袢を洗い、干す時に洋服と兼用の肩の部分に跡がつかないMAWAハンガーに掛け、乾いたらそのままラックに掛けている。

桐簞笥からもれた着物、コート類はステンレスの棚の上に、郵送用の箱に入れたまま積み上げてある。綿コーマの浴衣は三つ折りたたみにして、まとめて風呂敷で包んで押し入れの上段に。袷《あわせ》の喪服一式は「きものキーパー」という密閉袋に入れて、これも押し入れの上段へ。ベッドルームの二台のステンレス棚にも、日除けのために厚手の布で覆い、一方には袷用の名古屋帯、もう片方には袷用の袋帯を畳紙に入れて積んでいる。襦袢は洋服用のチェストに衿芯だけつけた状態でたたんで入れている。

一月×日　夕方から、新刊本の取材を受けるため、着物にしようと半衿を付け替え、着物も準備しておいたが、帰りがちょうどラッシュアワーと重なりそうなので洋服にする。今の季節は必ずコートを着るけれど、最近は帯付きで電車に乗るのがとても怖い。というのも、多くの人がショルダーバッグを持ち、男性はリュックを背負っている人も多いが、そこについている金具やベルトがとても困るのである。

私もお太鼓結びにしていると、背中に小さなリュックを背負っているようなものなので、同じ立場ではあるのだが。平気でぐいぐい押してきたり、突然、体の位置を変えられて、バッグやリュックの金具、本体から出ているベルトがこすれたりと、ひやひやする状況が多くなった。コートを着ていても、コートに擦り傷みたいな跡が残ったり、ダメージを受ける。他にも自衛手段として、外出の際は必ず足袋カバーを付けるか、替え足袋を持参する。混み合う時間帯だったら電車は避ける。そうしないとお互いにいやな思いをしそうだからだ。予想どおり帰りは大混雑で、着物じゃなくてよかったと胸を撫で下ろした。

二月

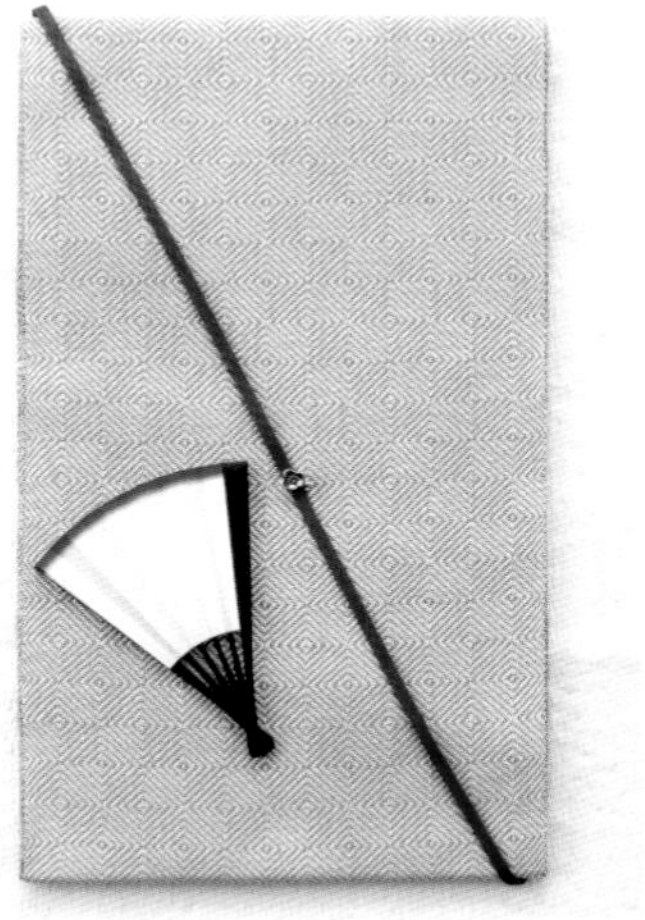

二月×日　この着物本の打ち合わせで、新宿でランチ。担当編集者Aさんと元担当で現在は他の部署に異動になったIさんと久しぶりにお会いする。Iさんには、毎日着物を着ている人の一人として、アドバイスを受けるために来ていただいた。AさんもIさんも着物が好きで、別々の機会だったが、二人が着物を買うのに同行させてもらったこともある。Iさんがそのときに購入した振袖は娘さんが成人式のときに着る予定なのだそうだ。

Iさんは毎日、着物で通勤していて、私や母の着物をもらってくれた方のうちの一人である。会社に迷惑がかかるといけないからと、ランチのために半休を取ったとまでいってくださって、恐縮してしまった。

もちろんこの日も着物で、もらっていただいた母の「秀粋」の小紋に、素敵なご自身の黒地の帯を締めていた。ちなみに私は、その後に大量の野菜の買い出しがあったので洋服だった。外出の後にとても現実的な用事がある場合、どういう着物にしたらいいのか、正直いって悩んでしまった。

外出用の着物で出かけた後、家に帰ってから普段着に着替えて出かけるのがよかったのかもしれないと、キャベツ、玉ねぎ、ブロッコリー、にんじんなどを買い、それを両手にぶらさげながら、そんなことを思っていた。洋服よりもそっちの着物スタイルを選んだほうがよかったなとちょっと後悔した。

二月×日　銀座で懐石料理のランチ。横段の紬《つむぎ》に、今年は袋帯がちゃっちゃっと締められるようになるのが目標のため、「洛風林」の『森の精』という名前がつけられた洒落袋帯を締めた。ところがやっぱり袋帯は長い。しかし袋帯を克服するには、これが当たり前と思うようにならなくてはならないのである。たぐってもたぐっても大蛇に巻き付かれたようになるのでため息が出るけれど、まさか締めないで出かけるわけにもいかず、袋帯を締めるために一時間、時間を取って締めはじめた。

手を名古屋帯のときよりも、十センチ長くとっても、たれの部分が長くなってしまうので、思い切って名古屋帯のときよりも、二十センチほど長くとって結びはじめた。先月、結ぼうとして失敗した笹蔓紋の袋帯よりも薄手で軽いので、胴に巻き付ける手順までは大丈夫だった。なるべくたれの長さを短くするため、先月、家で試したように、帯を折りたたまずに、えいっと背中で結んでみる。これは帯が薄手だから前回よりも楽だった。しかし厚地だったら、自力ではちょっと無理かもしれない。

ここからが袋帯のポイントである。たれ先を帯幅分斜めに折り上げ、そこに帯枕を置いて動かないように持ちながら、柄の出方を考えて、たれをかぶせて二重にする。そこまで何とかできた。

「はああ〜」

帯枕と帯を左手に持ったまま、私は鏡の前で放心状態になっていた。やっとここまで来たという感じである。あとはこれを動かさないようにして、えいっと結び目の上に背

郡上紬に帯は添田敏子作の型染め

帯は左が辻が花染め、右は小島悳次郎作「楽人」(共に石田節子選)

母からの横段紬に袋帯は洛風林「森の精」

負い、帯枕の紐を結んでしまえば、こっちのものである。

「よしっ」

これで最後と、床運動のフィニッシュに向かう体操選手のような感覚になったが、深呼吸をしてえいっと背負った。一回目は明らかにゆがんで失敗。帯枕をはずし、もう一度、きちんとたれを整えてからトライすると、まぐれなのか二回目でうまくいった。私は最初に帯枕に帯揚げをかけて、枕の中央部でゴムで留めているので、帯枕の紐と帯揚げを仮に結んで、ああ、やっとこさ終わった、

「はああ～」

と息を吐いた。

この帯にはたれに三角形の模様があり、それを活かすと、ふだん結んでいるよりも、少したれが長めになった。着付けの本のなかには、私が帯を締めていた感覚では、少し下のような気がする、「たれの下はお尻のいちばん高い部分に」と書いてある。つまり横から見ると、胴回りの帯の下線からたれが出るのではなく、おはしょりの下線がお太鼓部分とたれの接点の目安になり、そうなるとおのずと帯位置が少し下目になるのだ。

若い人は帯位置が高くても問題ないが、ある年齢以上だと、位置が低いほうが落ち着く。それはわかっていたのだが、私は背が低いので洋服と同じ感覚で、ポイントを上に持っていこうとしていた。後ろから見て、帯位置が上のほうが足が長く見えるのではないかと思っていたので、たれとお太鼓部分の接点は帯の下線の位置にしていたし、そう

なると必然的に、たれはお尻よりも上の位置にあった。

しかし今回、帯の柄づけと、たまたま帯を締めたときにそうなったので、たれがお尻のいちばん高い位置になっていた。合わせ鏡で後ろ姿をチェックしてみたら、帯位置が下目なのに、ぜんぜん足が短く見えないのである。それよりも前にくらべて全体的な窮屈さがなくなり、着物としての全体のシルエットが整って、ふだんよりもバランスがよく見えたのは驚きだった。帯位置が上にあり、お尻の部分が見えているときよりもすっきりする。着付けの本に書いてあったことが、本当だったのだと納得できた。先入観にとらわれず、実際に自分でやってみないとわからないなあと、あらためて感じた。着物を着るうえで学べたことがあってうれしかった。

懐石料理店の場所は、新橋駅近くの、まさに昭和のビルの中にあった。夜になったら地下のクラブでは、男女がチークダンスを踊っていそうな雰囲気だ。店内も今風ではない和風で、通りに面しているビルの中とは思えない。通された個室には古びた置き時計があり、一時間おきに時を教えるチャイムが鳴り、毎時三十分にチャイムがひとつ鳴る。昔、実家にもこういう時計があったと思い出した。

またその上に飾られていた、お地蔵さんともキューピーさんともつかない、十センチ足らずの、たぶん石で作られている古い置き物も気になった。手作りの紅絹《もみ》の頭巾とあぶちゃんをつけ、両手を合わせている。顔面に作られた凸凹《でこぼこ》で目鼻の見当がつくのだが、何ともいえず愛らしかった。みんなで食事をしながら、隠れキリシタンの所蔵品かもと

笹文様のろうけつ染め紬に天蚕の帯

綿薩摩に「紫紘」の名古屋帯。ウィリアム・モリスがノートに残したギリシャ文様刺繡柄

小川郁子作　江戸切子帯留

ねずみの根付

夏の風物詩の帯留

蝶と葡萄を象った彫金の帯留

黒真珠で作ってもらった帯留

中国の七宝の帯留

象牙彫の子犬の根付

話し合った。

二月×日　クイズ番組を観ていたら、着物まわりのものの画像を観て名前を答えろという問題が出ていた。解答者はみな悩んでいて、「襦袢」は白いものだったので「白装束」、若いお嬢さんは草履《ぞうり》を知らずに「着物下駄」などという解答。ちなみに下駄は他の解答者が正解していた。そのなかで帯締めの画像があり、正解は「帯留」となっていた。結び目のところに矢印があるのだが、そこには一般的にいわれる帯留はついていない。制作者側が勘違いしたのではないかと思う。

が、大正生まれの小唄の師匠は、帯締めのことを「帯留」と呼んでいた。最初はあれっと思ったのだが、戦前はそのように呼んでいたようだ。また博多織の半巾帯を締めてお稽古に行ったら、

「それって袋帯？」

と聞かれた。

「いえ、半巾帯です」

「うん、それはそうだけど袋帯？」

とふたたび聞かれ、私の頭の中は「？」になったのだが、そういえば買ったときに「博多小袋帯」という紙が入っていたと思い出し、

「博多小袋帯と書いてありました」

と答えると、

「ああ、やっぱりそうよね」

といわれた。師匠はずっと浅草の方なので、そう呼んでいたが、地域によっても違いがあるかもしれない。呼び名は時代によって変わっていくようである。でもクイズの出題は間違っていたと思う。


二月×日　Iさんが、毎日着ている着物の画像を、時折送ってくれる。私が「見たい」とお願いしているので、忙しいなか画像がまとまると送ってくれるのだ。しかし今日は、

「裾がすり切れてしまったので、仕立て直しに出しました」

というメールと共に、見事に裾がすり切れた作家物の久留米《くるめ》絣《がすり》と紬の画像が。洗い張りに出し、八掛《はっかけ》を天地替えし、襦袢も袖口の部分が劣化してきたため、袖口を身頃側に仕立て替えるとのこと。涙が出そうになった。この着物たちは私の手元にあったら、裾がすり切れるまで着てもらえなかっただろう。彼女の元にいって幸せだった。そこまで着てもらって本当にありがたかった。

彼女が着物を着るのを、ご家族も応援していて、娘さん二人もとても着物好きなのである。私の着物を中学生のお嬢さんが着ている姿の画像も送ってくださった。ご家族からのプレゼントも、半巾帯などの和装品で、とても趣味がいいのである。

以前、ラジオに出演させていただいたとき、私と同年輩の女性から、自分は着物が大

母からの染結城に綴の名古屋帯

紫色の結城によく締める半巾帯二本

紫色の結城に半巾帯

好きなのだけれど、着物を着ると夫がいい顔をしないので困っているという相談が届いた。こういう場じゃなかったら、

「露出が多いとか、派手すぎるのならともかく、着物だったら全然、問題がないじゃないですか。ふざけてますよね。堂々と無視して着続けたらどうでしょうか」

といったかもしれないが、全国放送で残り時間もほとんどなかったので、

「それは困りましたねえ」

で番組は終わってしまった。

着物をいやがる夫のいい分としては、自分のほうがみすぼらしくなる、妻が水商売と間違えられる、自慢をしているように見える、などである。

「ふーん」

としかいいようがないし、着物を着たい奥さんが説得するしかないのかなあと、狭量な男性たちにため息が出た。

二月×日　Iさんの画像に触発されて、翌日からは朝から着物を着る。筒袖半襦袢の下にシルクの肌着を着て、下は厚手のステテコに厚手の足袋。紫色の結城《ゆうき》に半巾帯を締める。上っ張りも着る。半襦袢は洗濯ができて便利なのだが、後ろ衿の部分が、本来ならばU字形になるところが、どういうわけか逆V字になって、そのとがったところが首筋にあたるのを、着るたびに繰り返していた。家で着物を着るときに半襦袢を着ていると

いう人に、

「逆V字になりませんか」

と聞いたら、

「なりますよ」

とあっさりいわれて、

「ああ、そうか。私と同じ」

で終わってしまったのだった。

筒袖半襦袢はいろいろな店で購入してみたが、どれも素材は身頃と袖がさらしでできていて、袖口に綿レースがついているものである。ところが一度、洗濯しただけなのに、びっくりするくらい身巾が縮んでしまい、ものすごく着づらくなってしまうものもあった。だいたいそういうものは安価で、レースもほつれて糸くずがびろんと出てきたりして、いくら着物の下に着るとはいえ、いまひとつなのである。安価なものはワンサイズ上のものを買ったほうがいいのかもしれない。

家で着るときは、筒袖半襦袢が便利だし、逆V字を何とかしたいと考えていた。着るときの癖で衿を抜かずに前に引っ張りすぎるのだろうか。体形的に仕方がないことなのかと考えてみたが、衿の部分が首側に折れなければいいわけで、猛暑のときに使っている、極薄のメッシュの衿芯を差し込んでみたら解決した。

差し込み式の衿芯は体から浮き、衿元が浮いてしまうので敬遠していたが、いちばん薄いタイプで、かつメッシュだとV字は解消された。全体に入れるのではなく、後ろ衿の部分だけ入れてもよいと本に書いてあったので、洗濯を重ねて半衿を付け替えるときに、一緒にその短いサイズの衿芯を入れるつもりだ。

首回りがやや寒いので今日もスカーフを巻く。上っ張りを着ていても、たもと部分まで意識がまわらず、棚の上に置いてある、さまざまなものを倒しまくる。「きーっ」といいながら元に戻すのだが、それを見越して所作を丁寧にするか、それとも棚の上に何も置かないか、どちらかにしなくてはいけない。相変わらずネコの目は冷たい。

三月

三月×日　最寄り駅のホームで電車が来るのを待っていると、和装の女の子がやってきた。オレンジ色と黄緑色のチェックのウールの着物に、明るい茶色のケープ。寒い日だったので赤いベレー帽をかぶっていたが、そのかわいらしいこと。年齢は二十歳そこそこで、色白で小柄の彼女にとてもよく似合っていた。こういう姿を観ると、和洋折衷もかわいいものだなと思う。

三月×日　季節の変わり目だから仕方がないのかもしれないが、日々の気温差が激しくて、何を着ていいのやら困る。家で仕事をしている私ですらそうなのだから、通勤がある人は本当に大変だろう。着物の場合は寒いのはまだしも、どんなに暑くても三月に夏物は着られない。家で着ている分には、どうしても暑くなったら洋服に着替えればいいけれど、外出のときは袷の着物にしつつ、下に着るもので調整しなくてはならない。といっても格段に涼しくなるわけではないのである。

いつも着物の暑さ対策には遅れを取り、四月、五月の気温が高い日になって、どうしようとあたふたし、結局、準備が整っていないので、袷の着物に袷の襦袢を着ては、汗だくになってしまう。外から見たらわからないけれど、着ている本人は辛い。今年は四月、五月の気温の高い日を見越して、早めに準備することにした。

昨今のこの不安定な気候では、着物を涼しく着る工夫が必要になってくる。襦袢の袖が無双でないだけでも、軽くて涼しさが違うし、四月から麻の襦袢を着ている人もいるという。それも白だと夏物とわかってしまうので、色のついた平織のものにしているらしい。

「爽竹《そうたけ》」という吸放湿性が高い竹繊維とポリエステルを複合した襦袢が話題になっているので、横絽《よころ》ではなく、透け感が少ない竪絽《たてろ》の白を注文した。夏用には正絹の絽と、「トスコ」というポリエステルと麻の混紡の襦袢を着ているけれど、こちらは素材感が紗《しゃ》に近いので、着用は早くても六月中旬からで、盛夏向けかなと思う。

夏の着物は冷房からは体を守れるけれど、湿気の放出を考えないと、それが体にこもると不快だし、状況によっては熱中症にもなりかねない。知り合いの女性は、真夏の日中にコーマ地の浴衣を着ていて熱中症のような症状になったといっていた。

綿の浴衣地はコーマ地、綿絽、綿紅梅《めんこうばい》などさまざまな種類が出ているが、一般的なコーマ地は目が詰まっていて意外に暑い。今の時季に家で着ているのは、絞り、綿《めん》縮《ちぢみ》である。肌寒い日には下に二部式筒袖の半襦袢を着て着物風にしたり、気温が高い日はそのまま浴衣として着る。下は通常は絹製のステテコで、暑い日はクレープ素材にしている。白地で浴衣っぽい柄だと、季節外れ感が気になるので、藍地で着物風の柄のものを選んでいる。

これらに博多帯を締めて、小唄のお稽古や気軽な外出をしていたが、それから何度も袖を通して十年以上経過して多少劣化し、外に出るのは難しいかなと思うようになったので家着にした。絞りは単衣《ひとえ》の時季と夏にずいぶん着たので、着るとお尻の部分がぽこ

伊兵衛織に櫛織の洒落袋帯

文久小紋に博多織の袋帯

窓格子に月が覗く小玉紫泉作、母の綴袋帯

紬染め貝合わせ柄文久小紋に、帯は伊兵衛織の間道

っと出たりしているけれど、気に入っているので家で着ている。綿縮は萩の柄だが、家着なのでよしとしている。

合わせるのは半巾帯か、楽に着たいときは子供用の兵児帯《へこ》、男性が使う博多織の角帯を使っている。椅子に座ってずっと仕事をしていると、胃の周辺を圧迫する面積が少ないほうが楽なので、帯の形状がくたくただったり、帯幅が狭い角帯のほうが楽なのだ。おまけに夏は涼しい。ただし家着限定だが。角帯の幅は半巾の三分の二くらい。

結び方は適当にぐるぐる巻いて、終わりを胴帯に挟み込んだり、片ばさみだったり、椅子に座るので後ろ側のボリュームが出ない結び方にしている。墨黒の女性用の兵児帯も、たまに締めてはみるのだけれど、楽ではあるが藍色と墨黒の組み合わせは、洋服だと平気だが、着物だとテンションが上がらないので出番は少ない。

足元はくたびれてきた白足袋か色足袋など。足袋を履くととても気持ちがいい。私は体幹がいまひとつ鈍いと自覚しているのだが、着物を着て腰紐を締め足袋を履くと、体の中心をはっきりと自覚できるような、ぐらぐらせずに一本、体の中に芯が通ったような感覚になる。どこで読んだのかは忘れたが、足袋の甲側の縫い目は脛《すね》の骨へとつながっているので、足袋はふんばりがきいてよいらしい。

三月×日 昨年購入した、三原佳子さんの『シンプルきもの』を読み返して、「手」が出ていないお太鼓の結び方がコンパクトでいいなと思って見ていた。簡単にいえば角出しの角が出ておらず、背中に小さくきゅっと丸みのあるお太鼓の結び方である。雰囲気としては半巾帯のお太鼓系の結び方のような感じだが、締めているのが名古屋帯なので、それよりもしっかりとした印象である。ただお太鼓結びと兼用にしていると、皺の入り方がどうかなと思うので、この結び方専用の帯を決めたほうがいいかもしれない。どの帯にしようか考慮中だ。

年間目標が「袋帯を結べるようになる」なので、袋帯に限らず名古屋でも半巾でもとにかく帯結びが気になって仕方がない。名古屋帯でお太鼓が結べるようになると、いつも同じ結び方じゃあ、つまらないと思うようになった。しかしあっちこっちにひだを寄せたりたたんだりするような飾り結びは好きではなく、バリエーションといったら、銀座結び、角出しくらいしか思いつかない。

試しに締めてみたら、帯枕がない分、たしかに楽ではあるのだが、下半身に重量感があるプレーリードッグ体形の私には、帯の下側にボリュームが出る、銀座結びや角出しはどうも似合わない。私と体形が似ている人が締めているのを見ても、何とも思わないのだが。また変わり結びも、アンティークの帯で結んでいるのは、どこか愛らしい感じがするのに、現代の帯だと「？」と思う。自分でもなぜだかわからない。意匠の関係だろうか。

三月×日　卒園式の和装のお母さん方を、よく見かける時季になった。デパートの呉服

母の晴れ着スタイル。よく似合っていた京友禅の訪問着と、道長取りの綴袋帯

結婚式の披露宴に呼ばれた時の晴れ着スタイル。鴇色万筋の江戸小紋に綴の袋帯で(右)。左の帯は「段替草花小袖文」

で礼装としていちばん売れるのは訪問着だそうである。母や私の世代がよくいわれていた、「色無地　一ツ紋付」を誂《あつら》える人は、茶道など和物のお稽古をしている人以外には、ほとんどいないという。それとセットになっていた黒羽織も需要はないという。

今の若い母親は、丈の長い衣類に柄がないのは寂しいと感じ、華やかな訪問着に目がいくのだろう。結婚式にも着られるし、ちょっとした集まり、観劇にも着られるし、一番便利な着物なのかもしれない。

私は若い頃に、訪問着を購入したが、派手になったので、若い友人に引き取ってもらった。しばらく訪問着なしで過ごしてきたが、母の着物を受け継いだなかに、京友禅の訪問着が一枚あった。茅《かや》色の地に亜麻色、香染《こうぞめ》、胡桃《くるみ》色などの茶系の色合いで風景が描かれているものなのだが、柄が私の好みではないし、第一、似合わないのである。母にこの訪問着を買わされたときは、彼女は六十歳を過ぎていたが、とてもよく似合っていた。年齢的な問題ではなく根本的に私には似合わないのではないか。それに合わせて買わされた帯は、他の着物に合わせて使うけれども。

訪問着が手元にないときは、私は結婚式に呼ばれると、縫い紋付の鴇《とき》色万筋《まんすじ》の江戸小紋に綴《つづれ》の袋帯を締めていった。他に持っていないので、呼ばれるたびに制服のようにこのセットを着ていった。しかし実際に参列してみて、着席スタイルの会場で、胸元に柄がないのは、やはり寂しい感じがした。

何年か前に、テレビで子供の卒業式、入学式に、訪問着は避けた方がよいという話が出たそうだ。東京で私から上の世代はたしかにそういっていた。訪問着では華やかすぎるというのがその理由だったように思う。だから母親は色無地、黒羽織で出過ぎないような姿にしていたわけである。地域によっても差があるかもしれないが、制服のようにみんな同じスタイルだった。しかし今、子供の式に和装で参加したいと思い、持っているのが訪問着しかなかったら、それを着るしかない。昔と違って今は子供がいてもみんな外見が若いので、へたに地味にすると妙な感じになってしまうかもしれない。

私が見かけた母親たちも、全員、訪問着だった。着物の地色は砥粉《とのこ》色、東雲《しののめ》色、淡黄色で、柄も控えめで強烈な着物はなかった。ところがなかで、美容師ががんばって髪の毛を盛りすぎたのか、後頭部に炊飯器をかぶせたみたいなヘアスタイルの母親がいた。ヘアサロンは雨後の筍のようにたくさんあるが、髪の毛を結い上げる技術を持った若い美容師はほとんどおらず、成人式のヘアスタイルも、結い上げるのではなく、逆毛を立てて盛るスタイルになっていったらしい。

彼女はもともと背が高くて百七十センチはありそうだった。訪問着は淡黄色の地に白、撫子《なでしこ》色、金色の小花があしらわれたおとなしいもので、裄丈《ゆきたけ》がきちんと合っていたので、誂えたのだろう。帯は白地に金の七宝《しっぽう》柄だった。

しかし頭がものすごかったのと、身長を気にしてなのか、クリーム色の草履の高さが三センチほどしかなく、それも履き慣れないのか、雪駄《せった》みたいにぱたぱたと音をたてて歩いていたのが、とっても残念だった。手ぶらで歩いているので、どうしてかなと見て

左ページの道行の下に着た「恵大島紬織物」の着物と洛風林の名古屋帯「水辺の鳥」

ランチ会に着て行き好評だった道行

いたら、彼女の子供らしき園児は、彼女から三メートルほど離れて、左手に和装バッグを持ち、父親と右手をつないで歩いていた。

昔は和服は嫁入り道具だったけれど、今はそうではない。着用する機会があるたびに、着物をレンタルして楽しんだほうが合理的かもしれない。収納や手入れにかかる手間、費用を考えるとレンタルのほうが気楽だろう。私はできるだけ数少ない職人さんたちの励みになるように、自分ができる範囲で着物や帯を誂えていきたいと考えているけれど、後継者不足を考えると、これからは和の習い事の世界は別にして、残念だが一般的にはレンタルや合成繊維の着物しか残らない気がしている。

三月×日 ホテル内にあるフレンチレストランで私、「〆のや」の木村さんを含めた四人でランチ会。「恵大島紬織物」の大島に、洛風林の『水辺の鳥』と名前がつけられた深い緑色の名古屋帯。春らしい感じとはやや違うので、室内で脱いでしまうけれど、黒地に色とりどりのかわいい手描きの鳥が飛んでいる道行を着て、春を感じ取ってもらおうと苦肉の策に出る。

電車に乗っていたら、スペイン語を話す観光客が数人乗ってきて、道行に目を留め男性は鳥を一羽ずつ指差し、女性はにこにこしながら描かれた鳥に顔を近づけて、写真を撮っていた。一緒にランチを食べた方々からも、「かわいい」と褒めていただきうれしかった。

これは二十年ほど前に伊勢丹で、若い人用の反物として飾ってあったのを、あまりのかわいさに一目惚れし、私は着物で着るのは無理だけれど、とにかく身につけたいと思って、当時、担当してくださっていたFさんというおじさまと相談して、道行にしたのだった。彼はその審美眼で文化庁とも関係が深く、私が欲しいといっても、

「これはお勧めいたしません」

といってくれる方だった。当時、柔らか物にまったく興味がなかった私に、後年、大活躍することになる鴇色万筋の江戸小紋の反物を見せて、

「絶対にこれは買ってください」

と譲らなかった。Fさんは退職され、十年ほど前に亡くなられたが、絽、羅、紗の織り方の違いを、図を描いて説明してくださったのを覚えている。木村ざんは、

「道行の衿ぐりの寸法が絶妙ね。一般的なものよりやや下目になっているでしょう。そこがとてもいいわ」

とFさんの仕立ての指示を、専門家的な見地から褒めてくれた。

今回、着物にコーリンベルトを使ったのだが、うまくいかなかった。やっぱり伊達締めか胸紐のほうがいいような気がする。また肌着をワンピースタイプにしたら、腰から下のシルエットが何となく拡がり気味な感じに。もうちょっと襦袢の下半身を、きっちり巻き付けたほうがいいのだろうか。といっても限界があるし。あれこれ考えると初心者に戻った気持ちになる。毎回、試行錯誤の繰り返しである。

四月

四月×日　予想していなかった収入のお知らせが届き、少しでも老後のために貯金しようかと一瞬、思ったが、何となく気分が鬱陶しかったので、ぱっと江戸小紋を買ってしまった。これまでも何枚か持っていたが、今までとは雰囲気が違う色と柄のものをと見に行ったら、小宮康正氏の水色の地に子犬と竹の柄の反物があって、一目惚れしてしまった。「笠」と「犬」の柄を組み合わせて「笑」になっているのも素晴らしい。二匹の子犬がじゃれている部分もあって、見たとたんに、

「ひゃああ」

となった。そして小宮家に型紙が伝わる、茄子の柄の袷用の襦袢地にも、

「ひゃああ」

となった。老後の不安と天秤にかけて、迷わず着物と襦袢を選んでしまったが、後悔は皆無である。

四月×日　私の知り合いの女性のお母様が亡くなられた。実家のタンスからはお母様の着物や彼女が成人式のときに着た振袖も出てきた。

「いっそ全部処分しようかと思ったんですが、振袖がとてもきれいに残っていたので。私のところには子供はいないし、妹のところも男の子なので、誰が着るというわけじゃないんですけれど……」

彼女がそういうので、

「それは思い出の品物だから、処分しないで手元に残しておいたらどう」

といった。

結局、黒留袖は妹さん、振袖は彼女が引き取り、一緒に出てきた数年前に亡くなられたお父様の浴衣や着物は、妹さんの息子が、

「じいちゃんの着物と浴衣はおれが着る」

といったので、仕立て直しに出した。そして経年劣化が激しいものを捨てると、小紋が十枚ほど残った。業者に引き取ってもらうにしても、どこに頼んでいいのかわからない。

遺品整理のために、着物を処分した話はあちらこちらで聞いていて、業者の態度が不愉快だったと憤慨している人も多かった。着物を引き取るといいながらそれは口実で、家に上がったら実は着物はどうでもよく、実際には貴金属が目当てで、しつこくて困ったという。そのうえ家族にしてみたら、親が着ていた思い出のものなのに、ぞんざいに丸めて持っていったりしたそうだ。

「私もそういうのがいやだったんですけれど、たまたまコマーシャルを見て、連絡してみたんです」

するとその業者はとても感じがよく、着物の扱いも丁寧で、一枚ずつ査定の説明をしてくれて、最終的に値段がついたのは、小紋が七枚で四千円だったという。

「業者さんが感じがよくて、とても丁寧に扱ってくれたのでよかったです」

付下に斜め取り柄の洒落袋帯

左と同じ付下に横段の正倉院柄を織り出した帯

「笠」と「犬」で「笑」江戸小紋に茄子柄袷用襦袢

お母様の着物を手放すのは辛い部分もあったかと思うが、彼女も妹さんも喜んだとのことでほっとした。

四月×日　この本の担当者から、

「初心者は最初にどういう着物を買ったらいいかわからないので、そこを書いてもらえませんか」

と依頼された。私が若い頃は、まず一ツ紋付の色無地、それに合わせる袋帯、コートが必要なのだといわれた。これはうちの母親にいわれたことである。実際は私が二十歳になる前、知らないうちに母親が、瑠璃《るり》色の地に四君子《しくんし》花の丸い模様がとんでいる付下《つけさげ》、柿色の一ツ紋付色無地、銀地の天井柄の袋帯、無地の朱色のコートを準備していた。知らないうちに注文してあって、突然届いたのでびっくりした。

しかし羽織ってみると付下は派手で、地味顔の私の顔がすっとび、色無地はいまひとつ地味で借り着のようだった。母の趣味で誂えてくれた着物は私には似合わなかった。母は目や口が大きく、私とは肌の色も顔のパーツも似ていないのに、無意識に自分に似合う色のものを選んだのだろう。

のちに付下一式は若い女性に差し上げ、色無地は家での着付けの自主練習のために使っていた。袋帯は付下と一緒に上げてしまったので、色無地の着付け練習の際には、私がお金を貯めて十代のときに購入した、十日町紬に合わせるための織名古屋帯を締めるという、とんでもない格好で、毎日、お風呂に入る前に練習を繰り返していた。今から思えば紬で練習するべきだったのだろうが、私にとっては色無地よりも紬のほうが大事だったので、色無地が酷使されるはめになったのである。

「たとえばこぢんまりしたパーティー、食事会、歌舞伎、落語とか、ふだんだったらそういったときに着たいと思うんじゃないでしょうか。そんなシチュエーションのときに、こんな感じでっていう提案はどうでしょうか」

と担当者がいう。私の手持ちの着物は織りの着物に偏っており、いわゆる小紋、付下といった柔らか物はとても品薄なのである。着物にもっと詳しい方だったら、

「そんな着物よりも、もっとふさわしいものがある」

といったご意見もあるかもしれないが、具体的な色、柄というよりも、もしも私が手持ちの着物でそういう場所に行くのならという程度で、お許しいただきたい。


小規模の集まりには、付下がいいような気がする。着物は小唄の会の舞台に出るために購入したもの。手描き模様の付下で古典的な柄ではない。ちょっと気の張る場所には横段柄の袋帯。個性的に着るのであれば斜め柄の袋帯。

単衣の時季
着物は薄荷《はっか》色観世水《かんぜみず》柄縫い紋付。帯は絽の花柄の袋帯。あるいは、私が「クッキー」と呼んでいる柄の紗袋帯。

手描き更紗小紋に袋帯は左が「川島織物」のすくいの袋帯、右は洛風林の「鉄砂異文」

光の具合で柄が浮き出るお召。右が洛風林の「アミーゴ」、左が私が「クインテット」と呼んでいる帯

食事のときに選んだのは小紋。着物が着たいと思うような店は、老舗であったりそれなりの店だと思うので、やや改まった感じにした。ホテルの食事会にも行けると思う。

着物は手描きの更紗小紋。

こういった柄の小紋の帯は、合わせるのがとても難しいのだが、無地だとちょっと寂しいので、袋帯であっさりとした白地の抽象柄を選んだ。もうちょっと軽めであれば、すくいの袋帯。

生バンドなどが入っている店だったら、

着物は光の具合によって柄が浮き出るお召。帯は『アミーゴ』と命名されていた袋帯か、母のクインテットが織り出されている袋帯。

これまで歌舞伎には四回しか行ったことがなく、着ていったのはいつも紬だったので、最近は次に行く機会があったら、柔らか物で行きたいと思うようになったが、ふさわしいものが見つからず。前出の付下もいいかもしれない。歌舞伎には詳しくないので、ちなみ柄もわからず、自分の手持ちにもそのような柄はないと思うので、雰囲気だけのセレクトである。

新春

着物は鴇色万筋《まんすじ》江戸小紋縫い紋付。帯は草花小袖文柄の袋帯。

三月限定

着物は紬染めの貝合わせ柄の文久小紋。雰囲気から、何となく雛祭りの季節用かなと、私は着用は三月に限定している。帯は伊兵衛織の間道《かんとう》。

秋冬

着物は紬地に絞り付下。帯は白鷹《しらたか》織名古屋帯。

私は寄席には行った経験がないので、場所の雰囲気を予想するしかなく、面白い雰囲気の帯や着物がいいかなと考えた。

着物は縞大島紬地に絞り。帯は鳥柄の名古屋帯。

着物は縞の伊兵衛織。帯は抽象柄の紬織袋帯。

私は飲めないし行かないのだけれど、居酒屋には単衣仕立ての木綿の着物に半巾帯がぴったりではないだろうか。

着物は縞の保多《ぼた》織。帯は軽めのほうがいいと思うので、博多織の半巾帯の丸柄。明るい色合いだったら、黄緑色の地に白い花柄か、ベージュ地にニコ段柄のもの。メーカーのサイトによると、縦にすると片仮名のニコという文字が並んでいるように見えるので、そういうかわいらしい名前がついたという。

四月×日 二月にお願いしていた夏の襦袢、王上布が届く。王上布は二十年以上前、当時西麻布にあった「衣裳らくや」で、単衣から盛夏の間も着られるからと、勧められて購入した。若草色にトンボが白抜きになっている柄だったと思うが、何度も手入れに出

天蚕紬の無地着物に添田敏子作の帯（下）、上はオーダーしたすくいの袋帯

「矢代仁」のイカット織柄御召に名古屋帯、単衣のコート

してあまりに着続けたので、着用の限界がきてすでに廃棄した。それから目にする機会もなかったのが、襦袢が揃うというのでデパートに見に行った。そこで王上布のメーカー「浅見」の社長から、布を縫い合わせて両側から引っ張ると、糸は切れるが布は破けないといわれ、そこに置いてあった縫い合わせてある布地を引っ張ると、その通りになった。それだけ薄地であっても生地が丈夫なので、居敷当てをつける必要が無く、特殊な加工をするので正絹なのに家で洗えるという。

たくさんの柄見本があって迷ったのだけれど、『飛び石』という名前の四角い柄の襦袢と、水色の地に青色で波を表した『千重の波』の王上布にした。そしてあまりの愛らしさに、袷で家では洗えないのを承知で、『弥生の山』という今までだったら選ばなかったであろう、淡い色合いの襦袢もお願いした。着物を着る回数が増えると、襦袢も含めて家で洗えるものはとてもありがたい。私も便利に使っている。

しかしもともと長襦袢が好きなこともあり、着物はオーソドックスなものでも、ちらりと見える襦袢だったら、ちょっと冒険しようかなと、いろいろと誂えてきた。昔はそこそこの値段で面白い襦袢の反物があったのだけれど、最近は値段が上がってしまい、機械織りの紬の反物よりもずっと高かったりする。上質の合繊の襦袢の値段が、かつて私が購入していた襦袢の値段とほぼ同じである。実用性を取るか趣味性を取るか、私の場合はどちらも無視できないが、どちらかを取れといわれたら、やはり正絹襦袢のほうだ。昔から慣れているのと、着心地を比較すると、劣化しやすいとか定価を考えても、絹の感覚は捨てがたい。真夏は家で洗える襦袢のほうがいいとは思うが、実用一点張りになるのもちょっと悲しい。

四月×日　外苑前の和食店でランチ。天蚕紬《てんさん》に添田敏子作の帯を締めて出かける。帯の柄が桜やあやめなので、三月後半から四月、五月の間にしか締められない。無地の袷の紬はこれ一枚だけだが、ちょっとあらたまった場所に行くときには、とても重宝している。袋帯でも名古屋帯でも何でも合うので、それなりの場所に柔らか物ではないもので行きたいときは、ついこの着物に手を通してしまう。

四月×日　六本木の中華料理店で着物のランチ会。「矢代仁《やしろに》」のイカットのような織り柄の御召に名古屋帯、単衣のコートで出かける。先月は帯枕は、たかはしきもの工房の『空芯才ノーマル』を使ったが、「ゑり正」の低いタイプを使ってみる。どちらも高さは三・五センチ。空芯才はメッシュで軽くていいのだが、帯枕の紐を自分が思っているよりも、ぐっと深くいれないと、背中にぴたっとくっつけるのが難しい。ゑり正のものは帯枕の紐が薄手のガーゼなので、帯の中にいれるのも簡単なのだが、背中にぴたっと密着するということは、放湿についてはいまひとつという事態を招く。この両方の帯枕を、季節、TPOと気分によって使い分けていきたい。

今回もまたワンピース式の肌着を着たが、やはり下半身が開き気味の感じに。衿もうまく決まらず、私の気持ちは着物には伊達締めか胸紐、あるいはなし、に動いている。単衣の在庫が不十分なので、この御召は今日着たら、手入れかたがた単衣に仕立て直してもらおう。

四月×日　本来は綿麻の浴衣のようだが、ばち衿でふだんに木綿着物として着ようと仕立てをお願いしていたものが出来上がってきた。ところが鏡に映してみたら、とても派手な感じがする。色は紺、水色、白と、浴衣と同じような色使いなので、柄が大胆でも気にならないと思ったのだが、やや不安になってきた。柄の大胆さに私の顔面が明らかに負けている。若い頃に着物を買っていた、京都出身の呉服店の女性店主は、

「着物には似合う、似合わないなんてない。自分が好きな色、柄だったら、強引に自分に引き寄せて似合うように着ればいいのだ。そうやって着ているうちに似合うようになる」

といっていたが、どうすればそうなるのか、私はいまだにわからない。

五月

五月×日　連休中には家でのんびり着物を着ようと思っていたのに、連休前にひいた鼻風邪が治らない。熱はないのだが、毎日、これでもかというほどの鼻水が出るので、こんな状態では着物を着る気分にもならず、洋服で過ごす。

ふだんは冷たいうちのネコも、さすがに鼻をかみ続ける私を見て、何か変だなと思ったらしく、小首を傾げて、

「にゃあ」

とかわいい声で鳴いてくれたりする。久々に飼いネコの優しさに触れた連休だった。しかし浴衣や着物を取り出すと、じーっと冷たい目で見るのは変わらない。

五月×日　誂えの雨コートは持っているものの、これからの時季、突然の雨のためにポケッタブルのコートがやはり便利なので、以前から使っていたコートを買い直した。五サイズあるうちのいちばん短い丈だと着物が下からのぞき、その上の丈だとやや長いので、丈を詰めることになる。

自分で丈詰めをしようかと思ったのだが、合繊素材は自分でやるとボロが出やすいので、いつも洋服の丈直しを頼んでいる、仕事が丁寧な隣町のリフォームショップに持っていった。すると顔なじみの店の中国人のおねえさんが、

「コレハ、オナジヨウニスルト、トテモタカクナリマスヨ」

と困った顔をする。いくらですかと聞いたら、

「イチマンヨンセンエンデス」

という。驚いていると、

「ミシンダト、サンゼンニヒャクヨンジュウエンデス」

といわれ、迷わずミシンでと頼んで帰ってきた。

五月×日　浴衣らしい浴衣を着ても、もう問題ないだろうと準備をしていると、二十度を下回る気温の日もある。
二十七、八度だったらと綿紅梅の浴衣に今年はじめて袖を通した。藍地で比較的透けにくい柄なので、浴衣の下はシルクの半袖シャツにクレープのステテコ。肌襦袢も持っていたが、すべて劣化の一途をたどり、みんな処分したのを機に新調せずに洋服と兼用である。
この浴衣は、江戸ゆかたの「高常《たかつね》」で染めてもらったうちの一枚で、私がお願いしたときは、サイトに見本の柄がたくさん掲載されていて、一部、染める生地も指定できたはずなのだが、今はシステムが変わったようだ。

最初に注文したのは「大トラに牡丹」で、家で着ることのみを考えていたので、男女兼用でも着ていて楽しめる面白い柄のほうがいいとこちらを選んだ。夏場には何度も家で着ている。もう一枚は江戸の浴衣の型紙から柄を起こした「雨シズク縞にツバメ」でこちらも大好きな柄だ。「松に銭形格子」「糸縞に秋草」も染めてもらい、こちらにはま

江戸ゆかた「雨シズク縞にツバメ」（上）、「松に銭形格子」（下左）、
「大トラに牡丹」（下右）にかるた結びの博多半巾帯

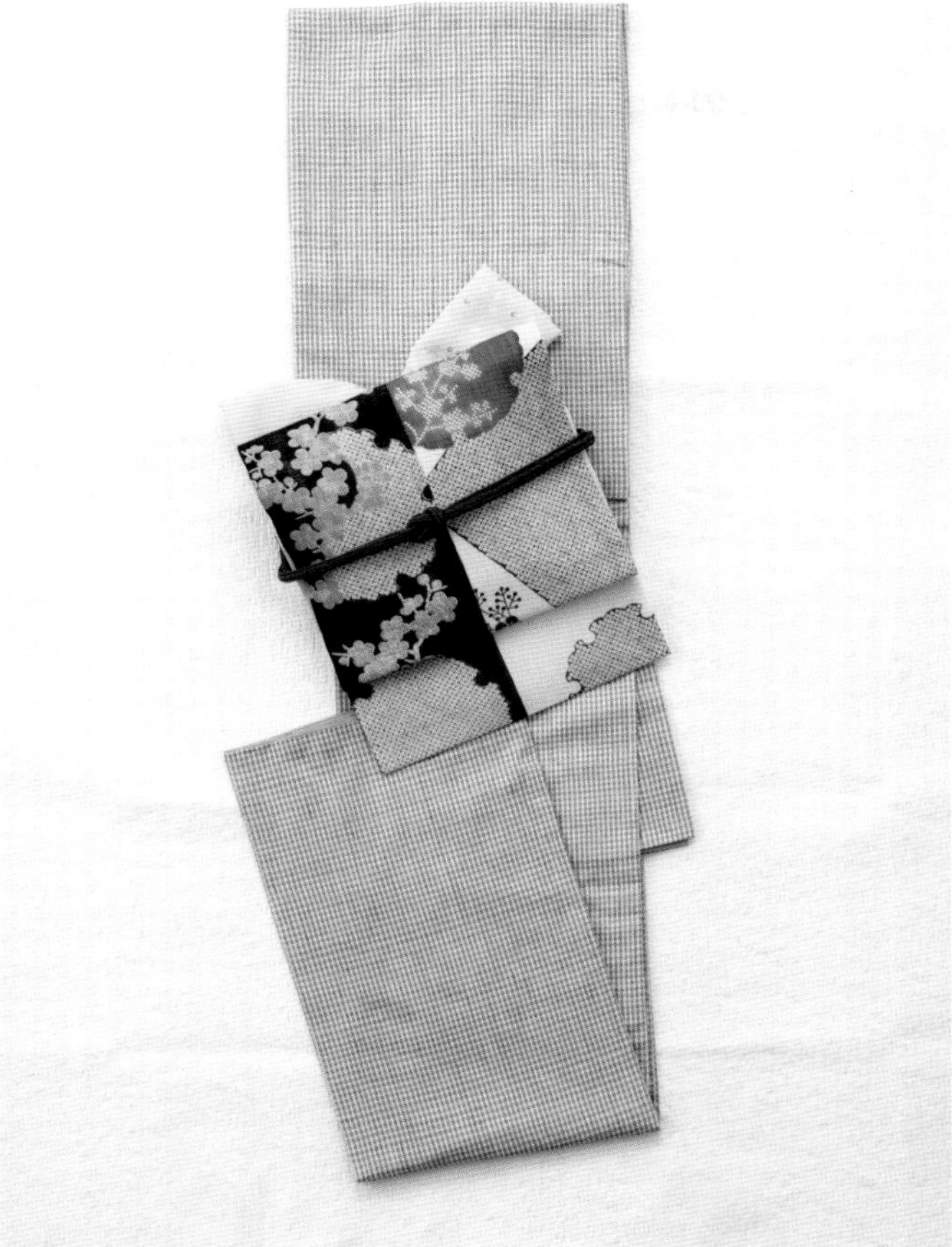

草木染紬に生紬の名古屋帯

だ袖を通していない。昔の人が同じ柄を着ていたと思うと、どこかうれしい。トラの浴衣に合わせるのは、角帯か麻の半巾帯。体の冷えは避けたいし、昔から洋服のときでも裸足になる習慣がないので、猛暑のとき以外は足袋を履いている。

五月×日　この本の打ち合わせで、担当編集者と「〆のや」の木村さんと会う。私は着物ではなくブラウスとスカート。木村さんはご自身で縫った単衣の着物で涼やかに現れた。その縫った単衣というのが、柔らか物なのである。私も浴衣やウールは縫ったけれども、縫い終わった後、こんなに大変なのに、袷、ましてや柔らか物など縫えるわけがないと降参したのだ。和裁をした人に聞くと、

「袷は裏がつくので少々、変でも平気」

といっていたが、下手に裏をつけたらたるんだりつれたりしそうだし、どちらにせよ大変そう。私も紬、柔らか物の単衣くらいは、ささっと縫えるようになりたいものである。

帰りにポケッタブルコートの丈直しを受け取りに行く。ミシン目は表に出ているけれど、きれいに裾上げされていた。

五月×日　母のところから来た荷物のなかで、放置していた畳紙を開けると、礼装用の白の長襦袢が二枚入っていた。上のほうのものを広げてみると、裾に金糸で扇面と菊の

柄が施してある。刺繍だったらどうしよう。もったいないから私が着るにしても、白地は着る機会がないし、地を染めてもらうにしても費用がかかるしなあと拡大鏡を持ってきてよく見たら、刺繍ではなかった。盛り上がっているので、何らかの糊、接着剤の上に箔を貼り付けたものか、それにこの金色が金なのかどうかもわからない、謎の長襦袢だった。もう一枚は汗じみが全体的に浮き出ていて、廃棄するしかなかった。

五月×日　一年中履けて着物を選ばない、エナメルのシルバーグレーの草履を愛用していたが、何年か前に雨に降られて濡らしてしまった。家に帰ってすぐ拭き、新聞紙の上に載せて湿気を取ったつもりだったのだが、箱から出してみたら、側面にしみが浮き出ていた。その後、一度、履いた記憶があって、しみに気づかずにホテルの会食に履いていった自分が恥ずかしい。誰も他人の草履の側面など見ないだろうが、薄茶色のしみが水害の跡のように浮き上がっていたので、泣く泣く処分した。残念だが二十年近く履いたので寿命だと割り切ろう。

五月×日　すばらしいタイミングで、その草履を買った店がデパートに出店すると聞き、万障繰り合わせて出かけた。ところが私が買ったのと同じ色がなく、誂え用の見本革にもない。イメージとは少し違ったが、シルバーグレーと薄いブラウンの中間みたいな色でお願いした。二石《にこく》のエナメルの白い鼻緒に赤い前坪にしたのは前の草履と同じ。

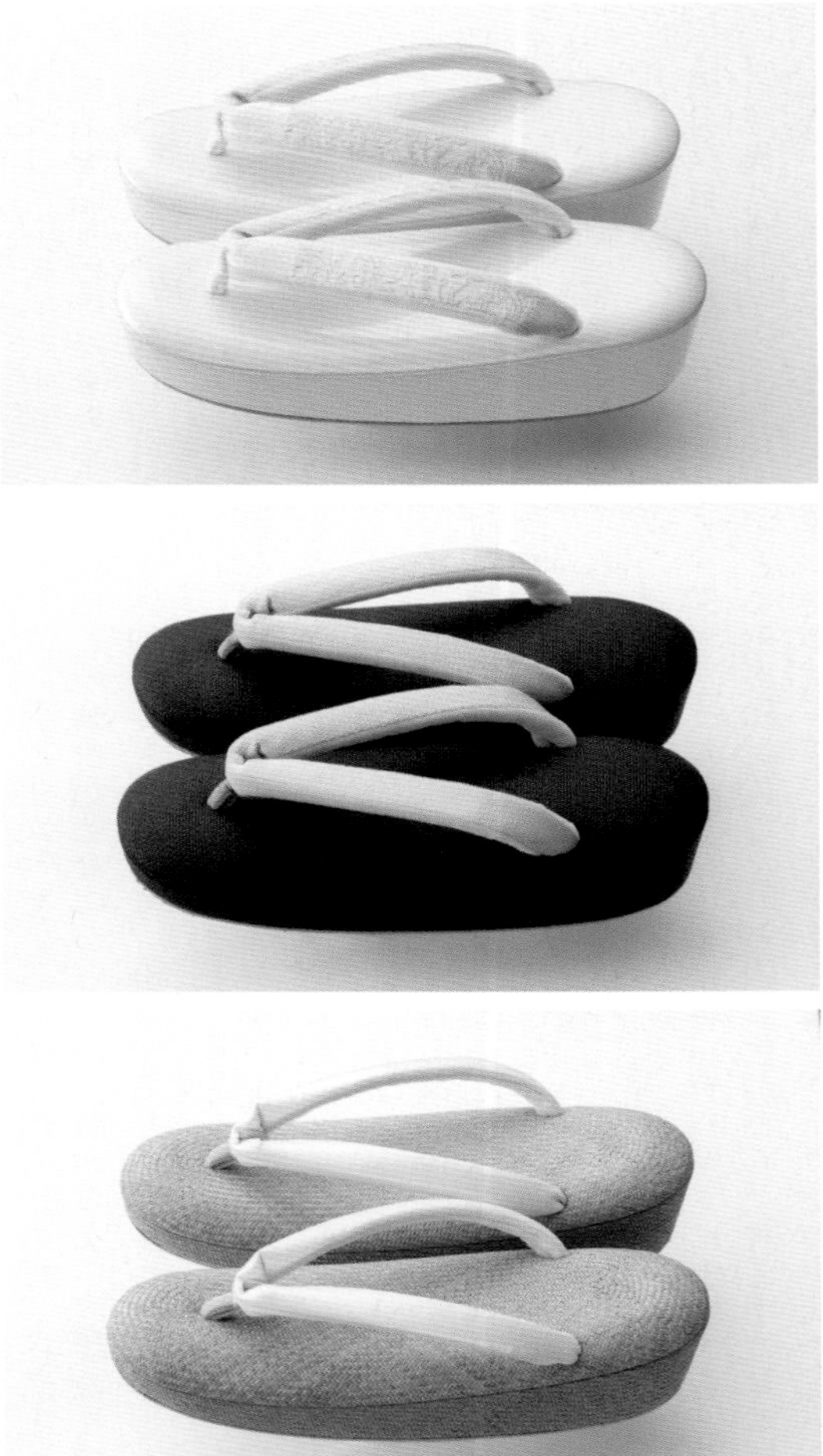

礼装用（上）、酒袋の草履（中）、夏用のパナマ（下）

帯締め、帯留めが彫られた手彫りの
下駄（上）、鎌倉彫（中）、
アイドル形の糸春雨（下）

五月×日　友だちともども十数年近くお世話になっていた、浅草にある「中山」さんという呉服店が廃業してしまう。ご夫婦のお人柄が素晴らしく、信頼できるお店だったのに残念でならない。後を継ぐ方がいないのでやむをえない状況だったようだ。

お手持ちの反物や帯などを割り引いて売ってくださるというので、友だちと一緒にうかがって何点かいただいた。姪御さんのものだった本塩沢《ほんしおざわ》の単衣着物を見せてくださる。若い頃に何度か着たけれど、もう着ないからとお店に戻ってきたという。大胆な灰色と緑色の市松模様でひと目で気に入った。格安で譲っていただいたが、うれしいような悲しいような複雑な気持ちである。

五月×日　着物のランチ会。今回は私と木村さんの二人のみ。彼女おすすめの西麻布の天ぷら屋さんに行く。黄色の濃淡縞の御召の単衣に博多織の格子柄の名古屋帯。襦袢は爽竹の竪絽のクリーム色のものに、白の楊柳《ようりゅう》の正絹半衿。紗のモーヴ色の羽織を着た。やはりワンピーススタイプの肌着ではなく、裾除けをつけると、当社比であるがましのような気がする。私が下半身に重量があるタイプだからだと思うが。

天ぷらはとてもおいしく、満足してお店を出る。その後、このお店のすぐ近くにある「衣裳らくや石田」に二人で行く。店主の石田節子さんには、以前、公私ともにお世話になった。これまでの「衣裳らくや」を離れて、いちばん最初にお店を出した西麻布に、自分の置きたいものを置く店を出したのだという。
　私は単衣の在庫がないので、何か単衣向きものはないかなあといったら、トップ染めの反物の色違いを三反見せてくれた。そのなかの一色を、石田さんも木村さんも似合うといってくれたので、それを仕立ててもらうようにお願いした。以前、木村さんにいただいた、首里織の名古屋帯も合いそうでうれしい。

五月×日　これから単衣、夏物の時季を控え、着付けの小物をチェックしてみる。これはよさそうだと思うものを買っては試した結果、着付け小物のストックがいれてある、無印良品の引き出し式衣裳ケースの中はいっぱいになってしまった。着物を着はじめたときは、帯板のサイズさえよくわからず、店の人に勧められるまま使っていたが、そのうち自分の使い勝手がいいようなものに買い替えてきた。しかし年齢を重ねるにつれて、もうちょっと柔らかいものにしたいとか、身につけたいものも変わってきた。
　私の場合は、袷の時季の襦袢の衿芯は、バイアスカットの「英《はなぶさ》えり芯」を使い、最近は春単衣、夏物用の襦袢にはメッシュか超薄手の差し込み式の衿芯も使うようになった。襦袢には博多織の伊達締めをずっと使っていたが、最後の小唄の舞台に出たときに、新しい伊達締めをおろしたら、それまでの伊達締めは衿元がちゃんと決まっていたのに、どんどん崩れてきた。記念写真も撮影したのに、いまひとつの衿元になってしまってがっかりだった。

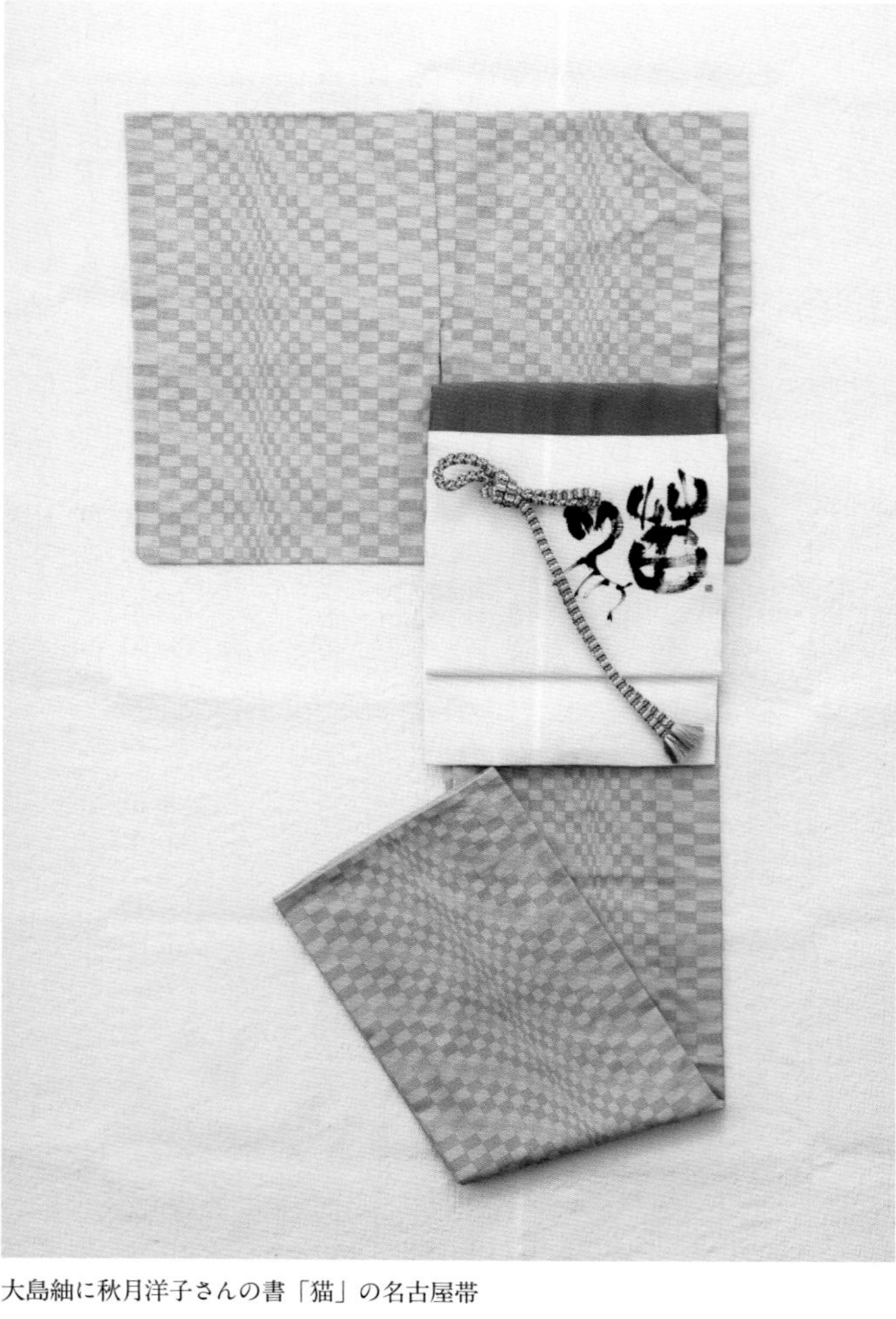

大島紬に秋月洋子さんの書「猫」の名古屋帯

黄色濃淡縞の単衣御召に博多八寸帯、紗のモーヴ色羽織

それまで使っていたのは価格が高いもので、晴れの場だからと新しいのをおろしたのだが、それが安価なものだったと後で気がついた。博多織だからすべて同じと思っていたのに違った。私が着物を着る際に、いちばん気をつけるのは衿元である。ここが自分なりにちゃんとしていると、あとはほとんどどうでもいいと思っている。そこが晴れの舞台でだめだったので、博多織の伊達締めを使うのはやめて、「すずろベルト」を使うようになった。これは伸縮する素材で、安価な博多織のようにずれることがない。

腰紐は最初はモスリン、その次に正絹のしぼのある「きんち」を使っていたが、またモスリンに戻った。薄い色の着物のときは白。私は色の濃い着物が多いので、男性用の鳥獣戯画の柄がついた、紺、茶の色のものも使っている。地味な色の着物のときに、女性らしい色合いの腰紐が見えるのがよいという人もいるが、私にはそういう感覚はなく、なるべく目立たないように実用一点張りである。

着物の伊達締めもやめてしまい、モスリンの腰紐を半分にカットして、胸紐がわりに使っていた。着物を着はじめた当初から、コーリンベルトがうまく使えなかったのが、ベルトの長さを肩幅よりずっと広く、留め具は下向きを守ったら、衿がかぶることはなくなった。しかしやり方が一定しないのか、うまくいったりそうでなかったりが激しい。

帯枕は礼装用のやや厚みのあるものも、いちおう持ってはいる。しかし、基本的に大きくは結ばないので、低いものしか使っていない。木村さんは帯枕のかわりに、芯入りの腰紐を使ってまず帯を固定し、その上から帯揚げをかけて帯を結ぶのが楽だといっているので、今度、試してみたい。

私の好みの帯板は長さが四十センチ~四十三センチ、幅が十三センチのもの。ゴム付、ゴムなし、それぞれボール紙に布が貼られたものと、へちまのもの、それとメッシュの白と黒を使い分けている。最近はへちまを使う機会が多くなった。引き出しの中を調べ、もう使えなさそうと迷う紐類、買っても使わなかったものを処分した。

私は背中に汗をかくので、夏場の汗が悩みだった。「あしべ織汗取り」も悪くはないのだが、背中の汗取りの部分がもうちょっと上までないとカバーできない。また背中の中央部に汗取りがついた着物スリップも試してみたが、着物の表面にまではしみ通らないが、襦袢、帯枕の下に汗が通り、帯の色が着物に移ってしまった。それをカバーするには、背中の汗取りの部分が首の付け根により近い部分にまであるものをと探して、帯枕と同じく、たかはしきもの工房の『満点肌着』を見つけた。これまで探したもののなかで、私が希望する位置まで防水布がついていて、かつ汗が表に出ない作りになっていた。

同じラインの『満点裾よけ』も使っていて、私は丈が欲しいのでMサイズ。お尻の幅に裾まで防水布がつけられていて、膝裏の汗などを気にしなくてよくなった。ステテコを穿いていても、お稽古のときに正座を続けると、着物に膝裏から汗が移ってしまうこともよくあった。またこれを付けるようになってから、着物や襦袢が皺になりにくく、薄物だと居敷当てがなくても透けの防止になるので、とても助かっている。

ただし着ているこちらはやや暑い。肌着をなるべく薄くして涼しいほうを取るか、汗を上に影響させないように、こちらが我慢するか。難しいところではある。

六月

六月×日　着物のランチ会。今回は平日なので着物での参加は木村さんと私のみ。他の方は会社のお昼休みを利用してのランチである。場所が蕎麦屋なので気軽な装いで行きたいのだけれど、東京は三社祭が過ぎれば浴衣ＯＫとはいわれているが、自分の気持ちとしては、六月初旬に綿紅梅に衿をつけて出かけるという気分にはまだなれず。

かといって単衣の在庫が品薄の身としては、家着用のよれた木綿を着ていくわけにもいかず、悩みに悩んで豊田紬にする。

これは紬の問屋「秋場」のオリジナルの紬で、経糸《たて》に絹、緯糸《よこ》は綿で織られたもので、縮風といっても木綿のしゃっきりとした感じよりも、絹が入っているので柔らかい風合いになっている。黄色の地色に水色の細い横線が入っていて一見、無地に見える。木村さんは白地の絹地に藍色の濃淡のさわやかな絞りの単衣。サリーの布地で作った黄色の名古屋帯も素敵だった。

私の帯は小唄のお稽古をはじめたときに買った格子柄の博多八寸帯。着物が無地っぽいので、あらたまって見えないように、道中のちりよけも兼ねて、秋月洋子さんの展示会で購入した、紗の羽織を上に着た。本来ならばこの反物を染めるらしいのだが、そのままの色がとてもよかったので仕立ててもらったものだ。汚れが目立つようになったら、濃い色に染め直そうという魂胆である。

豊田紬の下は白の爽竹の竪絽長襦袢。楊柳の洗える白半衿をつけようとしたら、色が青みがかっていて私の好みとは違い、どうしようかと迷ったのだが、正絹の衿に替える熱意がなく、半衿付けの作業はそのまま続行し、メッシュの衿芯を通して終了させた。他人にはわからないかもしれないけれど、自分としては半衿の色に不満ありだが仕方がない。

爽竹を着てみると、湿気があっても蒸される不愉快さはなかった。ステテコを穿いていても、ちょっと足元にまとわりつく感じはあったものの、着心地は悪くなかった。昔から着続けていた正絹の絽の襦袢が、一枚、また一枚と、劣化してさよならするのが続いている。そのうちの柄のない定番の白のものは、夏中、着倒して手入れを繰り返しているので、白ではなく黄変しはじめている。

あとは竪絽で小魚の群が泳いでいる柄だったり、もう一枚は二十年ほど前に、デッドストックの襦袢をわけていただいたもので、ブルーのぼかしの地に、赤い金魚が泳いでいる柄なので、夏物の下に着ると透けてしまう。そういう着方もあるけれど、上に着るのにふさわしい着物がないので、小魚のほうは透けない単衣に着るしかない。

デッドストックのほうは、着用がもったいないので鑑賞用のままかも。正絹の絽の襦袢は着心地はいいのだが、暑くなってくる時季には、きっぱりとした白い色が気持ちがいいので、曇りや雨の日など、日射しが強くない日だったら大丈夫かなと思う。トスコの絽の襦袢もあるが、多少張りがあるので、織りの着物向きかもしれない。紗のタイプだったら絽の下でも大丈夫だろうが、どれくらい透けるかが心配だ。

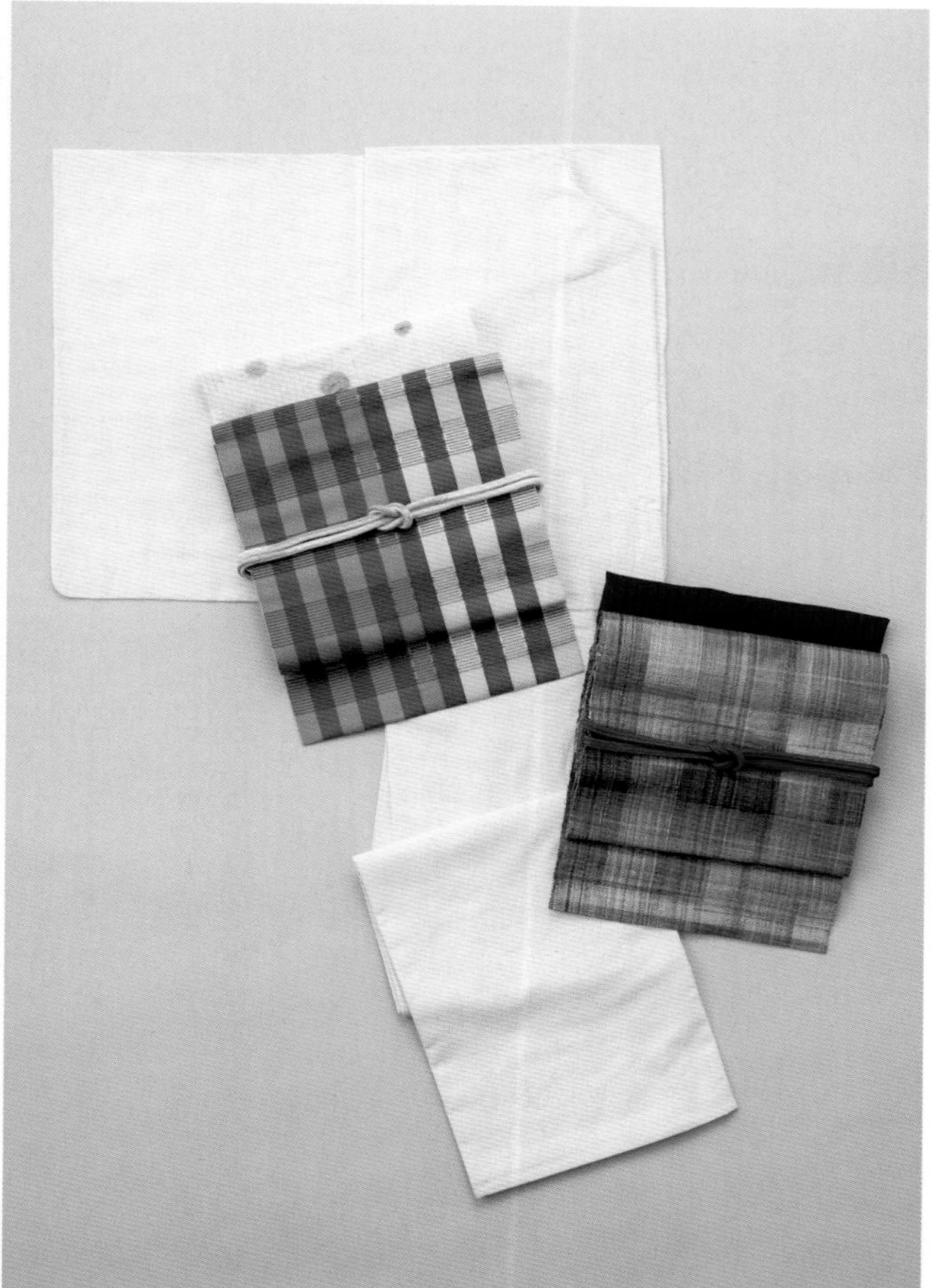

「秋場」オリジナル豊田紬に格子柄博多八寸帯（左）、右は結城紬の八寸（石田節子選）

御召に太子間道の名古屋帯

六月×日　久しぶりに知り合いと会ったら、着物を着たくなったという。これを逃す手はないと、

「着物、いらないかな」

といったら、欲しいといってくださった。ありがたいことである。九月に新居に引っ越す予定なので、その後にと話がついた。家に帰ってすぐ、私の手持ちの着物や帯を撮影したファイルを見ながら、彼女に似合いそうな着物や帯をよけておく。彼女に気に入ってもらえるかどうかはわからないが。いつも他人様《ひとさま》に着物をもらっていただくときは、

「いらなかったら、捨ててね」

といっている。なるべくもらってくれた人に負担をかけたくない。

今月、ランチ会で会った方々にも、以前、母のものや私の着物をもらっていただいたのだが、お二人から、

「いただいた着物を着た姿をお見せできなくてすみません」

と頭を下げられてしまい、こちらが恐縮してしまった。私の一尺六寸五分の裄丈だと、今の人にはほとんど短いはずで、仕立て直しをしなくてはならない。その手間もあるし、お金もかかってしまう。何だか申し訳なかったなあと、私も胸が痛んだ。

もらって困るもののアンケートで、必ず着物が入っているのを見ると、複雑な思いになる。母の着物で私には似合わず、特に愛着もないものは、バザーに出してしまったが、少しでも心に引っかかっているものは、見ず知らずの人の手に渡るのは避けたいと思っ

てしまう。私が一生懸命に働いて購入し、着てそして柄が派手になってしまったものは、見知った人の手に渡したい。これは私のわがままなのかもしれない。手持ちの着物にもランクをつけていて、誰が買ってくれてもかまわないと思うものもあれば、

「底意地の悪いばばあに買われるのは、絶対に嫌だ」

と思うものもある。手放すのなら達観しなくてはいけないのだろう。顔見知りの人だともらっていただいた後に捨てたといわれても何とも思わないのに、見知らぬ人だと買われたくないという気持ちは何なのだろうか。自分でもよくわからない。

ずいぶん前だが、うちの近所で大島に手描きの名古屋帯を締めている人がいた。その帯は寝ているネコの柄で、そのネコの絵がとてもかわいらしく、素敵だなあと思いながら、追い越して顔を見たら、ものすごく底意地が悪そうな、私よりも少し年上のおばさんだった。着物と帯はとてもいいのにどうしてと驚いたが、彼女のイメージがあまりに強かったので、そういう思いが強くなったのだ。もちろんそういう人ばかりではないし、彼女が買うと決まったわけでもないのに、

「あいつに買われるのは嫌だ」

と強烈に記憶に残ってしまった。それだけインパクトを与えてくれた、その人もすごいといえばすごいのだが。

六月×日　二月にアドバイスをしてもらった、会社に毎日着物で通勤しているIさんと

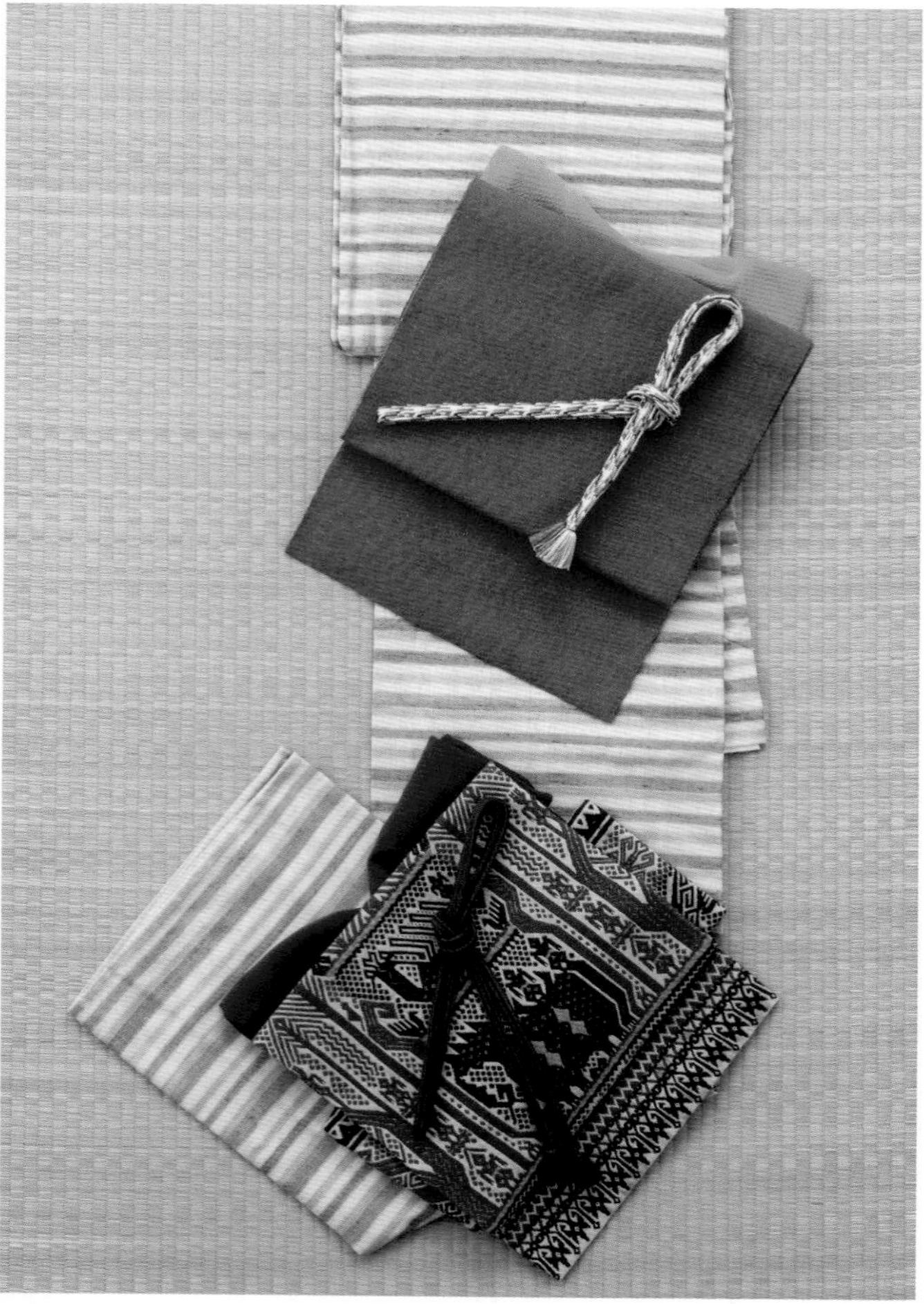

横縞の結城単衣に合わせたのは無地紬の名古屋帯（上）と、ペルーのショールから作った二部式帯

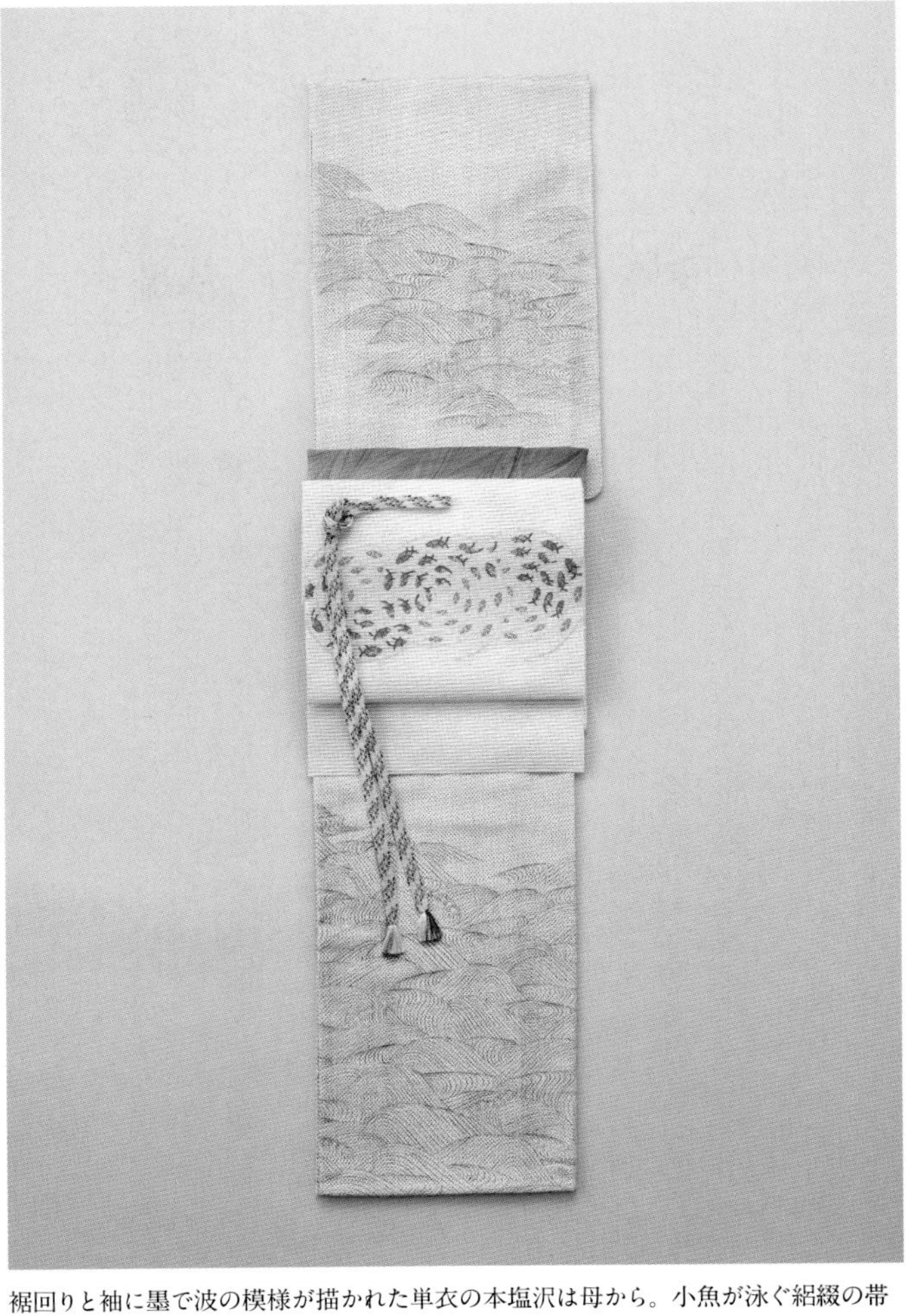

裾回りと袖に墨で波の模様が描かれた単衣の本塩沢は母から。小魚が泳ぐ絽綴の帯

メールをやりとりしていて、また着物や帯をもらってくださることになった。紬や木綿の着物の裾が擦り切れるくらい着倒しているので、襦袢の劣化もひどいという。所有品を減らしている今、とてもありがたい。夏物は時季が迫っているので、木綿、浴衣、半巾帯などを出して梱包して早速自宅にお送りした。

あとは九月に新居に引っ越す予定の、知り合いの彼女からの連絡を待つだけである。

六月×日　着物も若い人に着てもらうのはとてもうれしい。前に、私はただ着物が好きなだけで、日本の着物を絶やさないためにといった、啓蒙活動には興味がないと書いた。着物を着るか着ないかは、その世代の人が決めればいいので、昔とは環境も違ってきているし、年長者がとやかくいう問題でもない。

ただ私は着物を入口にして、様々な事柄に興味が拡がったのは事実だ。花などまったく興味がなかったのに、意匠に花があると、どの季節に咲くのかを確認したり、文様を見ていたら面白くなって、自分ではほとんど着ない古典柄なども調べた。反物や帯を見せてもらうと、お店の方や問屋さんが、どのような発想、技法、手法で作られたものかを丁寧に説明してくださり、それがどれだけ気が遠くなるほどの職人さんの作業で作られているかも知った。

しかし今は職人の数が激減して、着物ブームといわれながら、機屋《はた》、呉服店も後継者不足で営業をやめざるをえなくなった。海外発注も多くなり、本綴ではない安価な綴帯の加工の仕方を聞いて、びっくりしたこともある。いくら技術が向上したとしても、日常的に着物や帯に触れていない外国の人の作るものは、やはり違うらしい。

日本人で着物が嫌いな人には会ったことがなく、自分も着てみたいという人は意外に多かった。しかし値段が高いとか、恥ずかしいとか、すぐに着られないなどの諸般の事情があって、着るところまでいかない。着物に関して深く知りたいという人も一部にはいるだろうが、若い人はそんなことはどうでもよく、ファッションとして楽しみたい人のほうが大多数のような気がする。また知識の豊富さとセンスの良さが比例しないところも、正直いってあるのだ。

なかで不思議なのは、男性が着物を着ている女性を見て、小馬鹿にしたり、自慢をしに来たといったり、露骨に劣情を催したりということがある事実である。私は「自慢をしに来た」と面と向かっていわれ、小馬鹿にする言動は直接聞いたし、劣情の件は被害に遭った女性から聞いた。

反面、着物を着ていると丁寧な扱いを受けるのも事実である。私も中学生くらいの男の子がドアを開けてくれて、どうぞといってくれたときにはびっくりして、丁重に御礼をいった。お店の人の扱いも違うという人もいるが、どちらも着物が今の世の中で特別だから起こる。自分が他人によくしてもらいたいために着物を着るのは、さもしい考えだと思う。逆に着物を着ている人に対して、社交辞令をいわなくてはならないような雰囲気になってしまうのも問題ではある。

長板中形の浴衣に博多帯で図書館へ

縞御召に洛風林の名古屋帯「遊石文」

絽の紅型名古屋帯

縞御召に絹に竹素材を含んだ紅型帯

どんなに高い洋服を着ていたとしても、「自慢をしに来た」という男性はまずいないのではないだろうか。それは洋服の値段を彼らがわからないからである。彼らの頭の中には、現状を知らないくせに、着物は高いというイメージしかないので、そういった発言になるのだろう。わからなければ黙っていりゃあいいのに、暴言を吐くおやじたちは救いようがないので無視するしかないが、最近は若い男性のなかで、着物を着たいと思っている人も多いようなので、どんどん着てくれればいいと期待している。

私は自分の手持ちの着物を知り合いにもらっていただき、その人が着るにしても手放すにしても、結果的には少しでも着物を着て楽しんでくれる人が多くなればいいと思っている。それが私のささやかな着物普及への方法である。

六月×日　ランチ会のための着物の準備。着物は先月着用した、黄色の濃淡縞のお召、帯は竹素材を含んだ紅型《びんがた》に決めた。紗の羽織は天気次第で着るか着ないか決める。

六月×日　久しく袖を通していなかった、長板中形《ながいたちゅうがた》の浴衣を取り出す。厳密には浴衣扱いなのだが、柄が小さめなので下に襦袢を着て、博多献上や夏帯を締めて、小唄のお稽古に行ったり食事に行ったりしていた。この着物を着てお稽古に行ったとき、師匠に、

「この着物、母に狙われているんです」

といったら、

「そんないい着物、お母さんにあげることなんかないわよ」

ときっぱりといわれて、清々しい思いがしたものだった。今から十六年ほど前に誂えたものだが、集合した亀甲が飛んでいる、あまり見たことがない面白い柄なので、好きな着物だ。

その着物の下に筒袖の半襦袢を着、ステテコを穿いて、ぶらぶらと近所の図書館に行く。ネコが起きているときは大騒動になるので、寝ているときにささっと着替えて、

「ちょっとお買い物に行ってきますね」

と声をかけて出てきた。その図書館は建て替えの際に所蔵本を入れ替えたようで、借りたい本がすべてなくなってしまい、あまり行く意味がなくなってしまったのだが、着物の模様の本があるか探してみた。

館内で私が着物を着ているのを見た女の子が母親に、

「今日はどこかでお祭りがあるの」

と聞いていた。私が着物を誂えているデパートの担当者の女性は、着物での通勤途中、同じように母親と一緒にいた子供に、

「あの人、どうしてお正月じゃないのに着物を着てるの」

と大声でいわれたと笑っていた。

「お正月に着物を着るのを知っているだけでも、よしとします」

と彼女は太っ腹だった。

家に帰るとネコが起きていて、私と目が合ったとたんに、

「ぎいい」

と不愉快そうな声で鳴いた。寝ているときに私が出ていったのが気に入らなかったらしい。謝ってもすぐに機嫌は戻らず。ますます着物の印象が悪くなりそうで困った。

六月×日　予定していたランチ会が雨で中止になり、しおしおと着物と帯をたたんでしまう。

七月

七月×日　昨今はゲリラ豪雨が襲ってくるので、着物を着た外出のときは、そのことも考えなくてはならない。ひょうが降ったり雷雨になったら避難するしかないのだが、自分なりの対策としては、日傘を晴雨兼用にする、バッグにポケッタブルの雨コートを入れておくなどだ。昔の晴雨兼用傘は大雨に対しては心もとなかったが、最近のものは大雨にも対処できるような、しっかりとした造りになっているものも多いので助かる。

雨コートも気温が低めの時季の単衣や、袷の時期であればちりよけがわりに着て出られるが、この暑さでは到底無理なので携帯する。紗風の夏向きの透けた携帯用の雨コートもあるけれど、大雨がこれで防ぎきれるのかはちょっと不安なので、私は袷用のものを携帯している。

フルレングスの雨コートを着れば、着物、帯はカバーできるが問題は足元だ。透明のドーム型カバーがついた、雨用草履が好きではないので、携帯用の草履カバーなども試してみたが、雨コートをすでに携帯しているので、あまり物はたくさん持ちたくない。そこで雨対策として考えたのが、草履は『カレンブロッソ』。足袋の上に『雫』という足袋カバーを履いて出かける。今までいろいろな足袋カバーを履いてきたが、これは最強の撥水力だった。

革製ではないカレンブロッソと、撥水力のある『雫』のおかげで、雨になる予報のお出かけもずいぶん気が楽になった。

七月×日　三月、デパートの店頭で見て気に入った帯があったのだが、諸般の理由により購入を決められず、あらためて見せてもらう。優先順位で、そのときは持っていなかった紗の袋帯と、これまで締めていた紗の博多献上がだめになってしまったので、かわりに気軽な夏着物用の竪絽の名古屋帯を購入した。どれも「紫紘」の品である。

そのときに、袷用のその袋帯が展示してあったのを見たのだった。私は蝶とか花とか具象的な柄は好きではないのだが、帯の柄は蝶なのに、忘れられなくなってしまったのであった。

紫紘の営業担当の男性に、その帯がどうやって作られたかを丁寧に説明していただいたのだけれど、確定申告が終わった直後で、これからどれだけ税金がくるかわからず、買うのに踏ん切れなかった。

「素敵ねえ」

といって帰ってきたが、蝶の帯のことがずっと頭から離れなかった。のちに、税金の額が確定し、金額的には何とか買えそうな余裕ができた。しかし一点物であのような趣味性の高いものはすぐに売れてしまうだろうなと思いつつ、担当の方に連絡を取ってもらったら、まだあるという。

「ご覧いただいたのは、黒地だったと思うのですが、色違いの茶色も作ったそうです。二本ともすぐにこちらに送ってくださるということですので、お時間があるときに見にいらしてください」

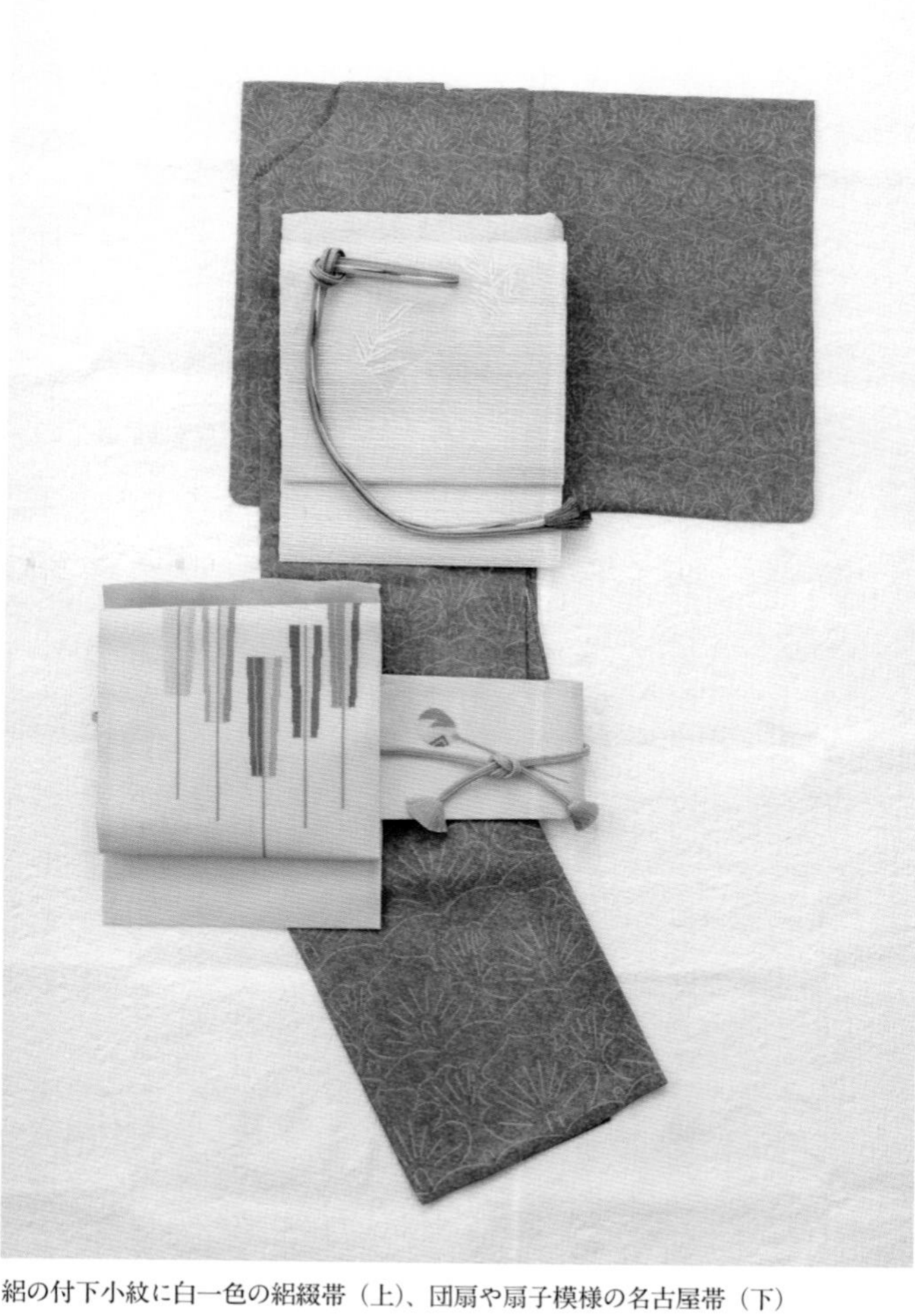

絽の付下小紋に白一色の絽綴帯（上）、団扇や扇子模様の名古屋帯（下）

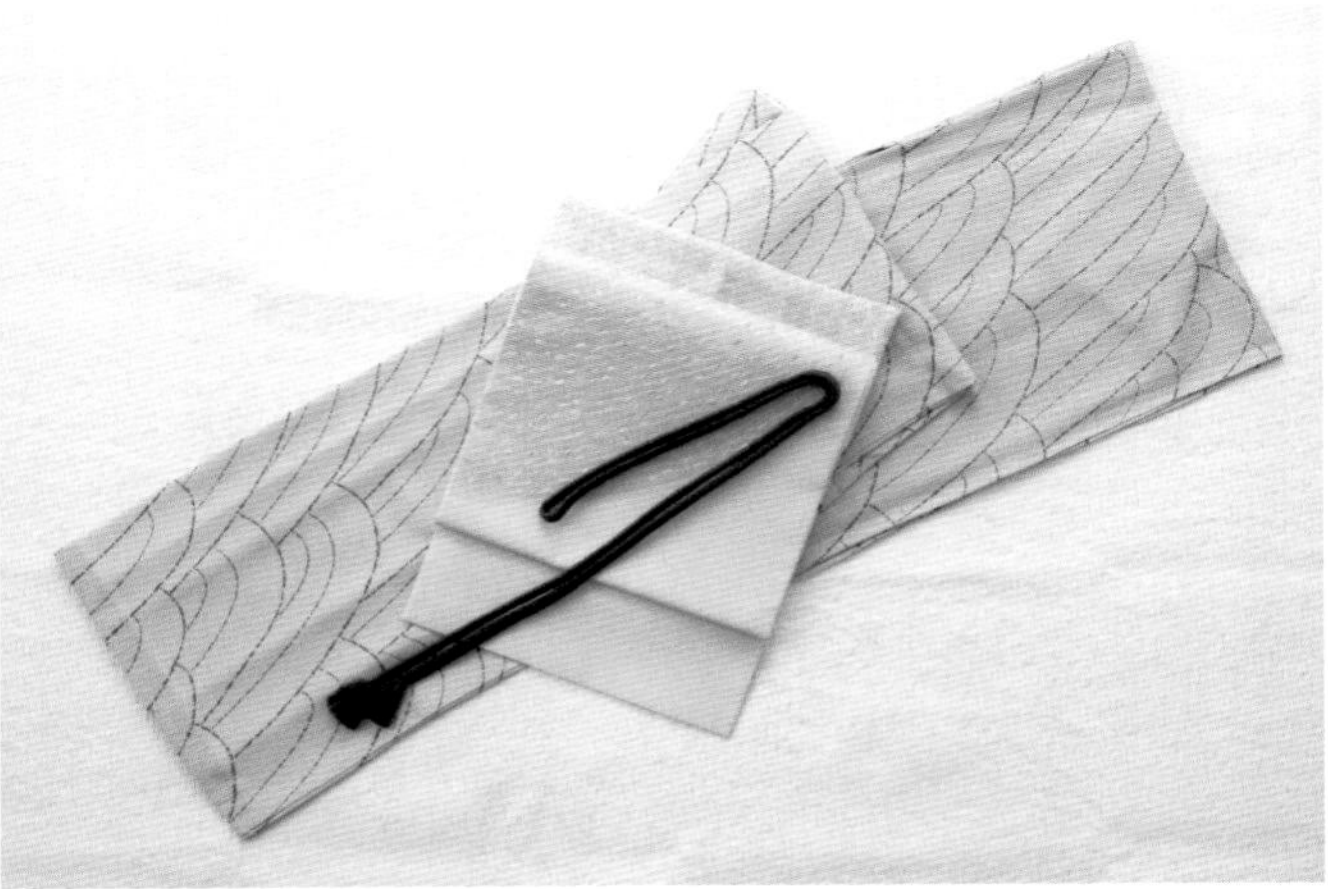

105ページと同じ付下小紋に、白地の紗の袋帯

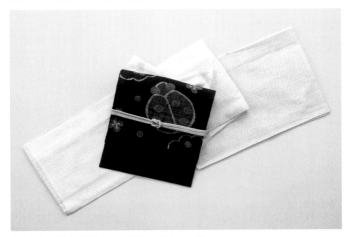

白鷹上布の着物に越後上布の帯はテントウムシ柄

そういっていただき、お言葉に甘えてずっとほったらかしにしていたのが、やっと今日、見に行けた。通常は六百本の経糸を使って袋帯を織るのだが、この帯は九百本の経糸を使って、それで繊細な刺繍のような図柄を織り出しているのだという。蝶の細い触角の部分もすべて織りなのだ。色は両方とも素敵だったが、黒地のほうがしゃきっとした雰囲気なので、こちらに決めた。

これでまた安心な老後が遠のいていくが、バカボンのパパの如く、「これでいいのだ」である。以前は「本当に老後は大丈夫なのだろうか」と不安になったこともあるが、最近はまったく思わなくなった。より図々しくなってきた。

七月×日　九段下の懐石料理店で、新しい担当者との顔合わせがあり会食。着物を着ていく。数年前に誂えたものの着ていなかった絽小紋を着ることにした。襦袢は白の絽の爽竹で、袖がレースになっているタイプ。灰桜と桜色の中間のような色の竪絽の付下小紋は、波を象っているような、もこもことした柄がグレーで描かれている。

帯は悩みに悩んで魚が泳いでいる絽綴にする。蒸し暑い曇りがちの日だったので、黒地の博多帯だと暗い感じになりそうだったし、柄行きが着物と格のバランスが悪いかなと思ったからだ。買ったばかりの紗の袋帯はぴったりだが、それを締めると気張りすぎるので、もうちょっとカジュアルにしたい。白一色の絽綴は、三十年以上前に購入したもので、お太鼓は扇面が重なったような形で透けていて、そこに葉の形が織り出されているものだ。しかしそれだとあっさりしすぎているような気がする。

そこで同じ白地だが、青い小さな魚が渦巻に沿って泳いでいる柄の絽綴に決めた。織りの着物だとさっさと帯や小物が決められるのに、染めの着物は基本的に自分の好みの範疇から少しはずれているので、組み合わせがいいのか悪いのかよくわからない。これからは機会があったら、持っている枚数は紬に比べてはるかに少ないが、なるべく小紋も着るようにしよう。ちりよけの紋紗《もんしゃ》のコートを着て日傘をさして出かける。

久しぶりに顔見知りの編集者数名と会って、涼しそうでいいと褒めていただく。少しほっとする。夏の着物は着ているほうは暑いのだから、周囲の人が暑苦しく感じたら、それでもう終わりである。若い女性編集者が、還暦を過ぎた私のようなおばちゃんに、

「かわいい」

といってくださる。小さな魚が泳いでいる帯が好評で、

「こんな帯があるんですねえ」

といわれた。ありがたいことである。縫い目をまたいで柄が合っていることに驚いていたので、

「それは仕立て師さんの腕です」

と返事をした。帰ろうとコートを羽織ったら、それも、「透けていてきれい」「かわいい」といってくださった。まったくもってありがたいことである。

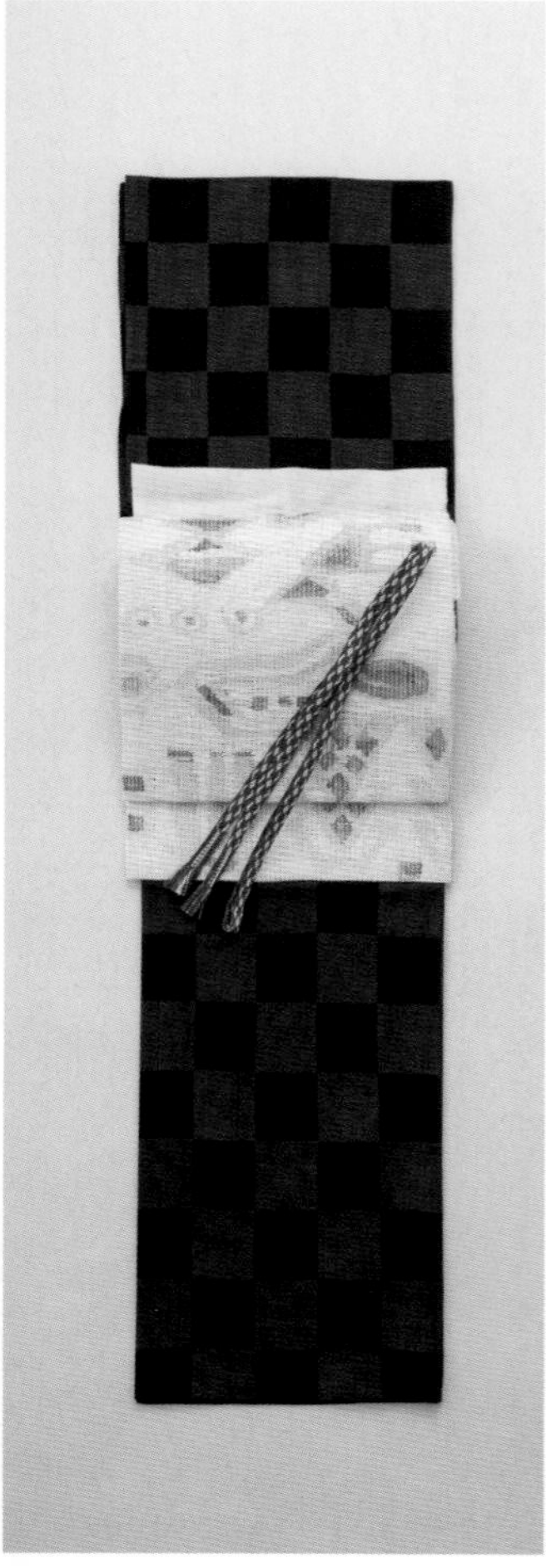

夏大島に羅の帯

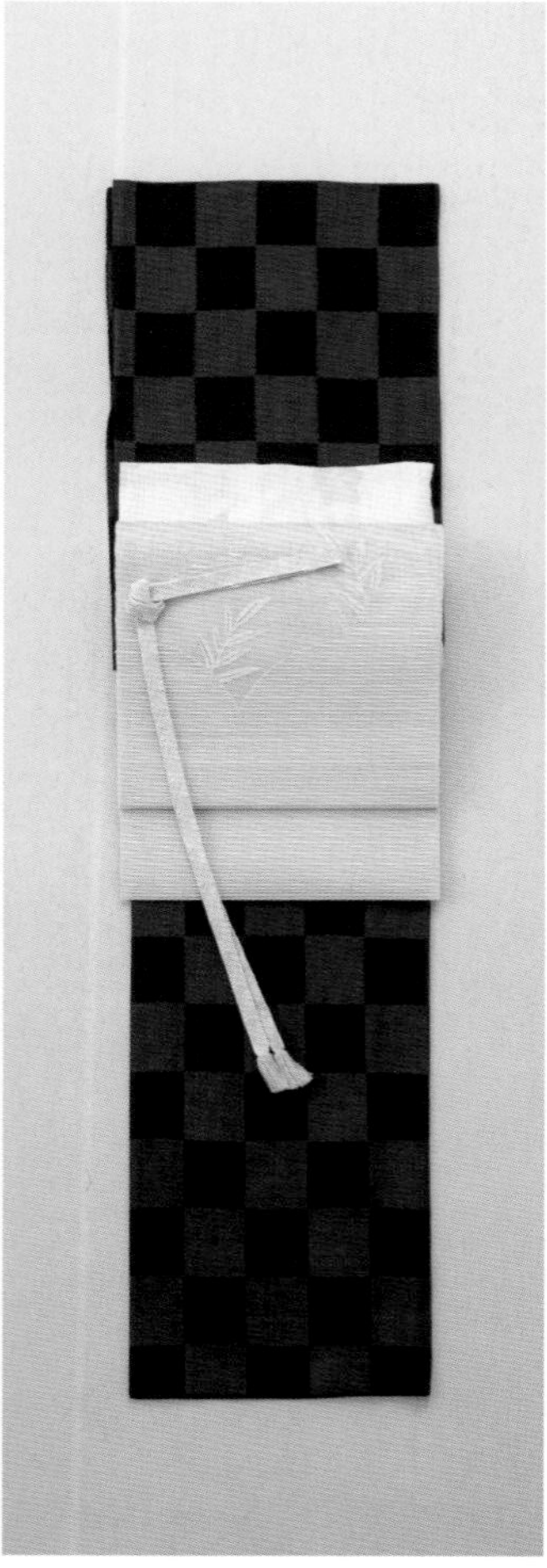

白一色の絽綴名古屋帯

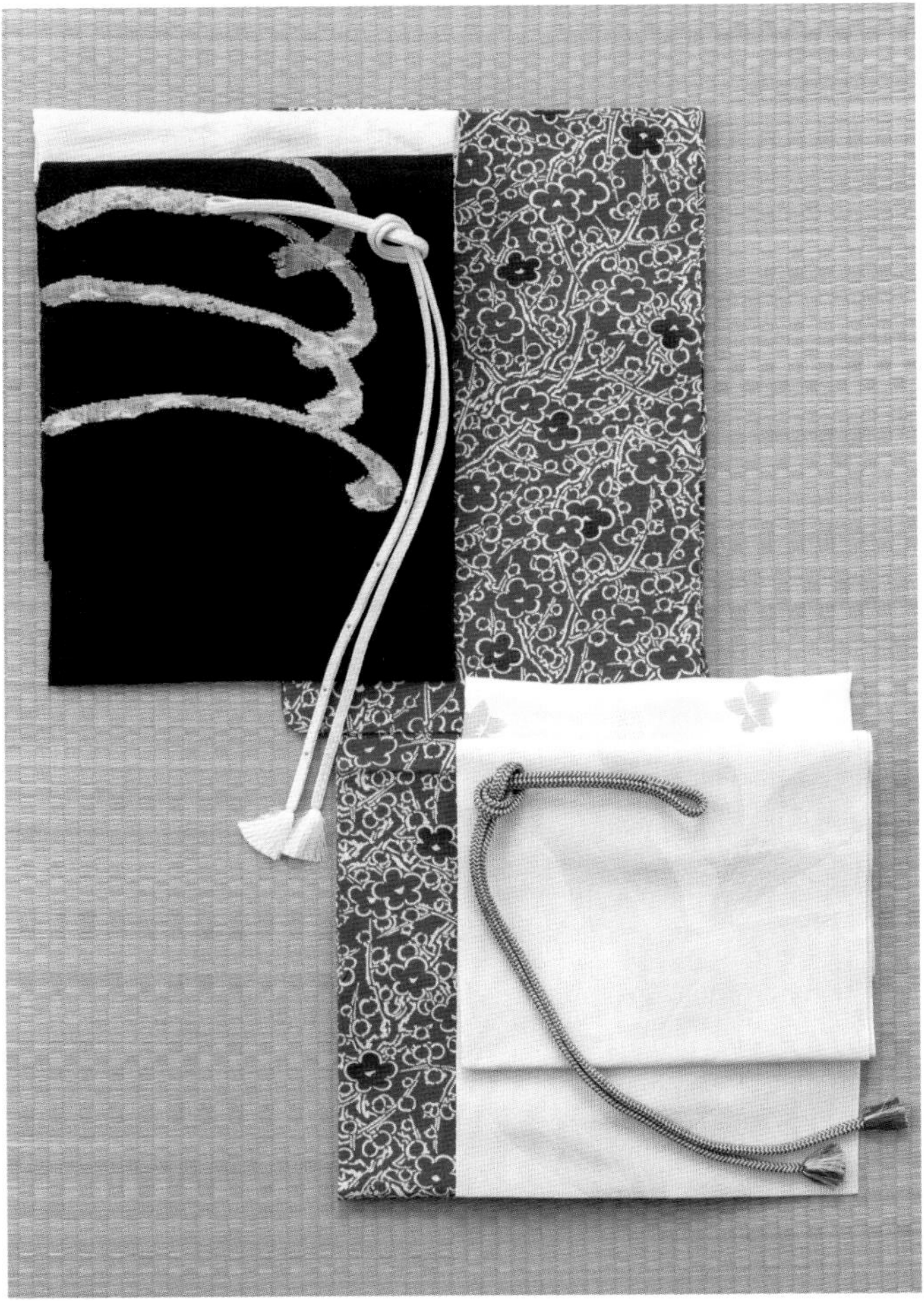

花柄の綿紅梅に竪絽の夏帯「バラン（馬蘭）」（下）、羅の帯でも（上）

七月×日　隣町で打ち合わせ。衿付筒袖半襦袢にステテコ、裾除けをつけて、花柄の綿紅梅に先日購入した竪絽の夏帯を締めていく。足元は麻裏の足袋に下駄である。この帯には『バラン（馬蘭）』という名前がついている。この帯のシリーズは他にも色や柄があって、露芝柄だったり笹の柄だったり、普段用の単衣から夏物に重宝しそうなものばかりだった。私には難しいが、真紅の地のものもあり、年齢に関係なく似合う人には素敵だ。

柄は経緯の糸で織りだしているのではなく、経糸を二色使って、それをもじって柄出ししているとのことだった。なので帯の表と裏でネガポジになるという。たしかに前帯を見るとそうなっていた。来年もまだ作られていたら他の色も欲しいと思った。

途中、背後から子供がお母さんに、

「ねえ、今日はどこかでお祭り？　花火大会があるの？」

と聞いているのが耳に入った。

「お祭りじゃなくても浴衣は着るのよ。そんな大きな声でいわないの」

着物を着ていると、一年に何回、お祭りはどことといわれるのだろう。逆に楽しみになってきた。

昔、某出版社に着物好きな男性社員がいて、仕事始めだったか忘年会だったかに、対《つい》の着物を着ていた。何もわからない他の男性社員が知ったかぶりをして、

「いい浴衣着てるね」

といったら、彼が、

「何いってるんだ、これは結城だぞ」

と激怒したという話を聞いた。興味のない人にとっては、浴衣も着物も、木綿も絹も同じなのである。

着物好きの友だちとその話をして、

「いいね、だけにしておけばよかったのに」

と双方が気の毒になった。そしてどちらかというと、浴衣といった男性よりも、結城だと怒った男性のほうが嫌だという意見で一致した。無知よりも高慢のほうが問題である。

そして会った人には、バランの帯を見て、

「そんな帯があるんですね」

とまたいわれた。彼女に、

「浴衣に締める帯のイメージは、どういうものですか」

と聞いたら、子供が締めている柔らかそうな布の帯、男性の細い帯、女性の場合は表と裏で色が違う、リボン結びみたいになっている帯か、菱形と×の模様がつながっているような柄の、着物のときと同じ締め方にする帯という。それぞれ兵児帯、角帯、半巾帯、博多献上の名古屋帯のことだろう。彼女は浴衣にはそれらの帯しか締めてはだめだと思っていたので、私が締めている帯を見て、そういう帯も締めていいと知ったという

焦げ茶地の夏大島に絽綴（上）、正絹と糸芭蕉の交織袋（中）、
新里玲子作宮古上布の名古屋帯（下）

明石縮に白の絹地に紗を重ねた夏帯

のだ。

着物の雑誌などを読めば、その時季に何を着るのかということを教えてくれるが、着物が好きといいながら、そういった本や雑誌を読んでいる人はとても少ない。着物の雑誌や本を買う人は、よほど興味がある人に限られている。だから着物が好きといっている人と話していて、びっくりすることも多い。

たとえば色が合うからと、袷の着物と帯に絽の帯揚げをしたり、礼装用の帯締めをしてしまうような、勝手なマイルールを作っていたりする。買う気がないのであれば、図書館で借りて見てみるとか、若い人だったら、ほとんどの人はパソコンやスマホで検索できるはずなのに、しないのだ。自分が自信の持てない事柄については、調べるか、詳しい人に聞くのが前提だと思うのだが、あまりそういうことはしないようである。理由はわからない。でも高慢よりはましである。

七月×日　朝から天気がよく、ネコものんびりして機嫌がよさそうだったので、高常の「糸縞に秋草」の浴衣を着て、麻の半巾帯をかるた結びにして過ごす。その下の上半身はシルクの半袖の肌着、下はクレープのステテコ。夏は京都の「ＳＯＵ・ＳＯＵ」の高島縮のトップスとワイドパンツ、あるいはオーガニックコットンのＴシャツと、ワイドパンツで過ごしていて、これで冷房なしでもまあ快適なのだが、もしかしたらそれよりも涼しいのではないかと着てみたものの、暑いのにかわりはなかった。

衿を抜かないと風が通り抜けてくれないので、しどけない姿になる。しかしもともと浴衣はこういうものなのかもしれない。気持ちとしては日本の夏という感じで雰囲気的にはよいのだが。しかし汗をかいた浴衣で、日中そのまま外に買い出しに行く気力はなく、洋服に着替えて駅前まで出かけた。

七月×日　木村さんからゲリラ豪雨の際に、すごい人を目撃したとメールが来た。ちょうど雨が降り始めたとき、彼女はご主人と一緒に車に乗っていた。コンビニの前にさしかかったところで、赤信号になって停車していた。

するとと店の中から着物姿のぽっちゃりした、三十歳くらいのまだ若い女性が出てきた。クリーム色の絽小紋にお太鼓を締めているのだが、雨コートは着ていない。木村さんが、雨が降ってきたのに大変だな、気の毒にと見ていると、何とその女性は駐車場に駐めてあったスクーターに近寄り、そこに置いてあったヘルメットをかぶった。

「えっ、ヘルメット？」

夫婦で驚いていると、その女性はスクーターのハンドルの左右に、ハンドバッグとコンビニの袋をひっかけ、エンジンをかけて駐車場を出た。ちょうど青信号になったので、ヘルメットをかぶった和装女性の後ろを走ることになったが、どっしりとしたお尻にはパンツのラインがくっきりと浮き出ていて、とにかく仰天する出来事だったというのだ。

「たしかに着物にヘルメットはすごい」

私ももんぺ姿ではなく、着物で自転車に乗っている女性は、おばちゃんと若い人と二人目撃した経験があるが、さすがにスクーターはいなかった。スクーターの女性が着ていたのは着物も帯も洗える素材で、考えてみればフルレングスのカッパを着ているようなものともいえるが、それにしても気にしなさ過ぎというか、超実用一点張りというか、ここまできたかという感じだった。着物を気軽に着るのはいいが、正絹はもちろん、木綿でもこうはできない。彼女にとっては自分が着ているのは、形は着物であっても精神的には着物ではないのだ。

「バイクで着物、の女性が出てきたらどうしよう」

着物でヘルメットを被り、バイクにまたがった女性が出てきたら、面白いけど世も末だが。

八月

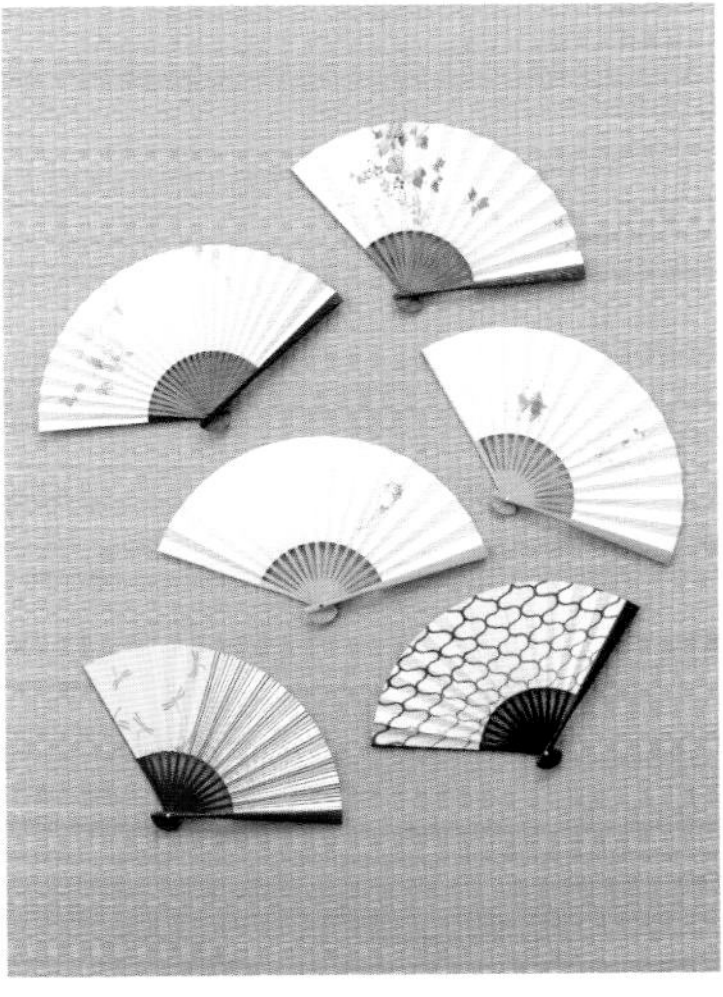

八月×日　テレビ番組「プレバト」の夏井いつき先生の俳句コーナーを、いつも観ているのだが、先生の着物が真夏になっても、ずっと単衣のままなのが気になっていた。あれだけ先生にお世話になっているのだから、盛夏用のワンセットを用意してあげればいいのにと思っていたが、先生が夏物を着て登場していた。局側もやっと俳句には季節感が大事と気付いたらしい。よかった。

八月×日　やや気温が低くなったので、今年はじめて白地の浴衣を着た。白地の浴衣は、いかにも夏らしくて素敵なのだが、私はショートカットでほとんど化粧をしないので、へたに着ると入院着みたいになる。私は風景柄は苦手なのだけれど、この浴衣は柄行きが面白いと、通りすがりの近所の店で仕立ててもらったものだ。

これまで盛夏に室内だけで着て、三、四回、洗った。帯は紗の半巾である。最初は貝の口にしようとしたら、張りがあって結んだ部分がふわふわして浮いた感じになってしまったので、折り紙を折るようにして結ぶかるた結びにしてみた。

かるた結びは先月からはじめて結んでみたが、羽の部分の左右の大きさに気をつければ邪魔にもならないし、ぺったんこになるしで、家で着るときや羽織の下にもとても具合がよさそうだ。結ぶのも簡単だし、どの年齢の人にも合うと思うけれど、上に何か羽織らないとお尻が丸出しになるので、プレーリードッグ体形の私は、その点だけが気になる。家で着ているぶんには問題ないが。

袷の時季に締めていた片ばさみは帯の端をぎゅっと胴帯の中に通すのだけれど、こちらはただ平たく折りたたみ、最後にたれを上から下に通すだけだ。ためしに袷用の半巾で結んでみても、片ばさみより圧迫感が感じにくく、軽やかな感じでとてもよい。

仕事を終えてほっとして晩御飯を作って食べ、ソファに座って夜のニュースを観ていたら、浴衣を着た上半身が気になって仕方がない。胸が大きいわけではないのに、何となく胸元のあたりの収まりが悪く着にくい。今までそんなことはなかったと思いながら、何度も洗ったので縮んだのかと身頃を調べても横幅は縮んでいない。ただしおはしょりの分量が少なくなっているので、水をくぐっているうちに、身丈は少し縮んだようだが、それとは違うところで、何だか変なのである。

風呂上がりに浴衣の寸法を測ってみたら、身巾も身丈も問題なかったが、袖付け寸法を六寸でお願いしたのに、五寸五分と五分（約一・九センチ）短くなっていた。これは間違いではなく、浴衣だし身丈から考えてこのくらいの袖付け寸法のほうがと、良心的にしてくださったのだろう。

女性の着物の両脇には身八つ口という開きがあり、そこから肩までの寸法は同じなので、袖付け寸法が五分短いということは、その分、身八つ口の長さが長くなる。それでどうも脇がぱっくり開くような不安定な感じがしたのだろう。たった二センチ程度のことだが、いつもの寸法に慣れていると違和感があった。しかし以前に着たときに、何とも感じなかったのはなぜなのだろう。乳が垂れたせいか。

越後上布の着物に宮島勇作の羅の帯

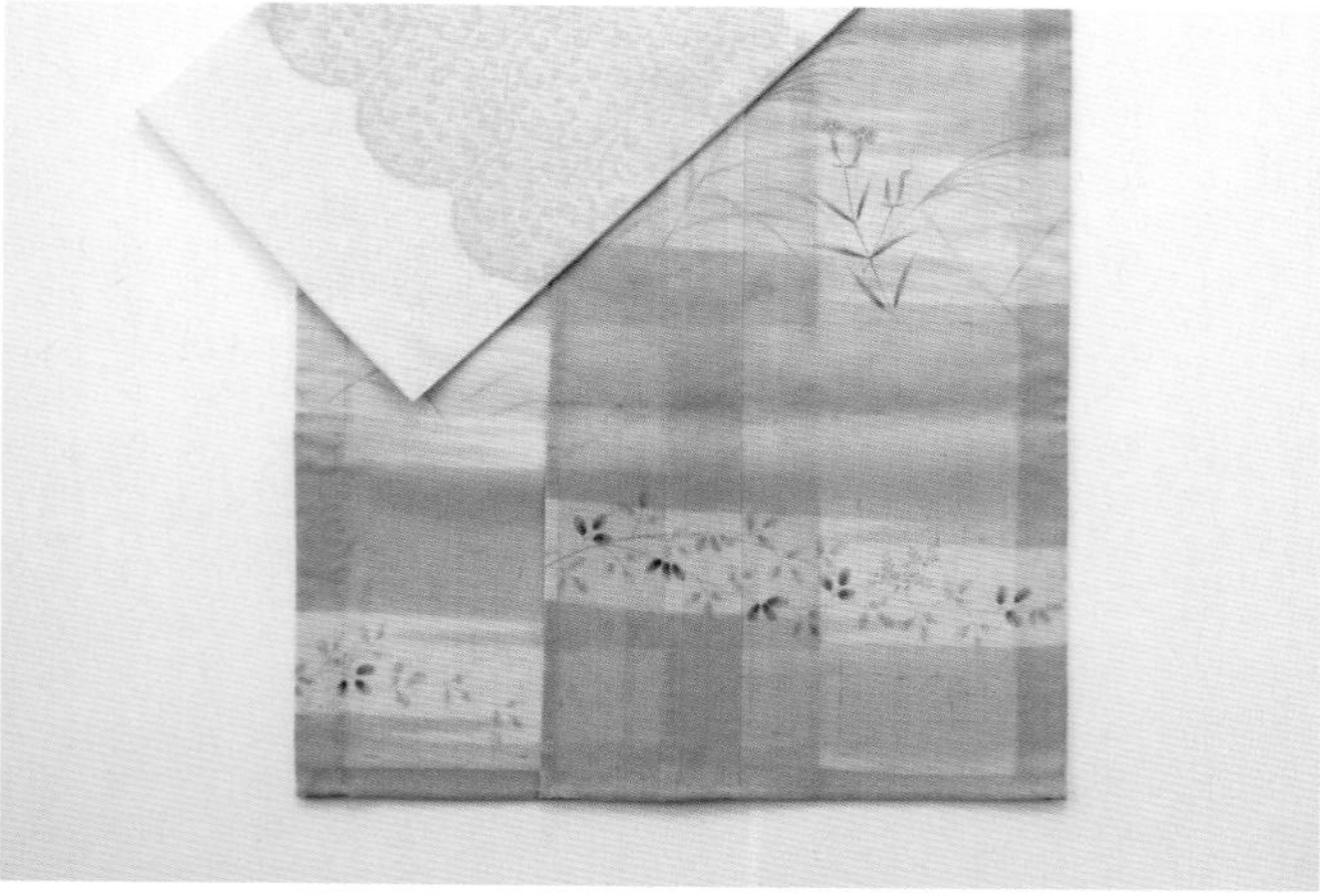

母の紗紬訪問着に、「クッキー」と呼んでいる紗の袋帯

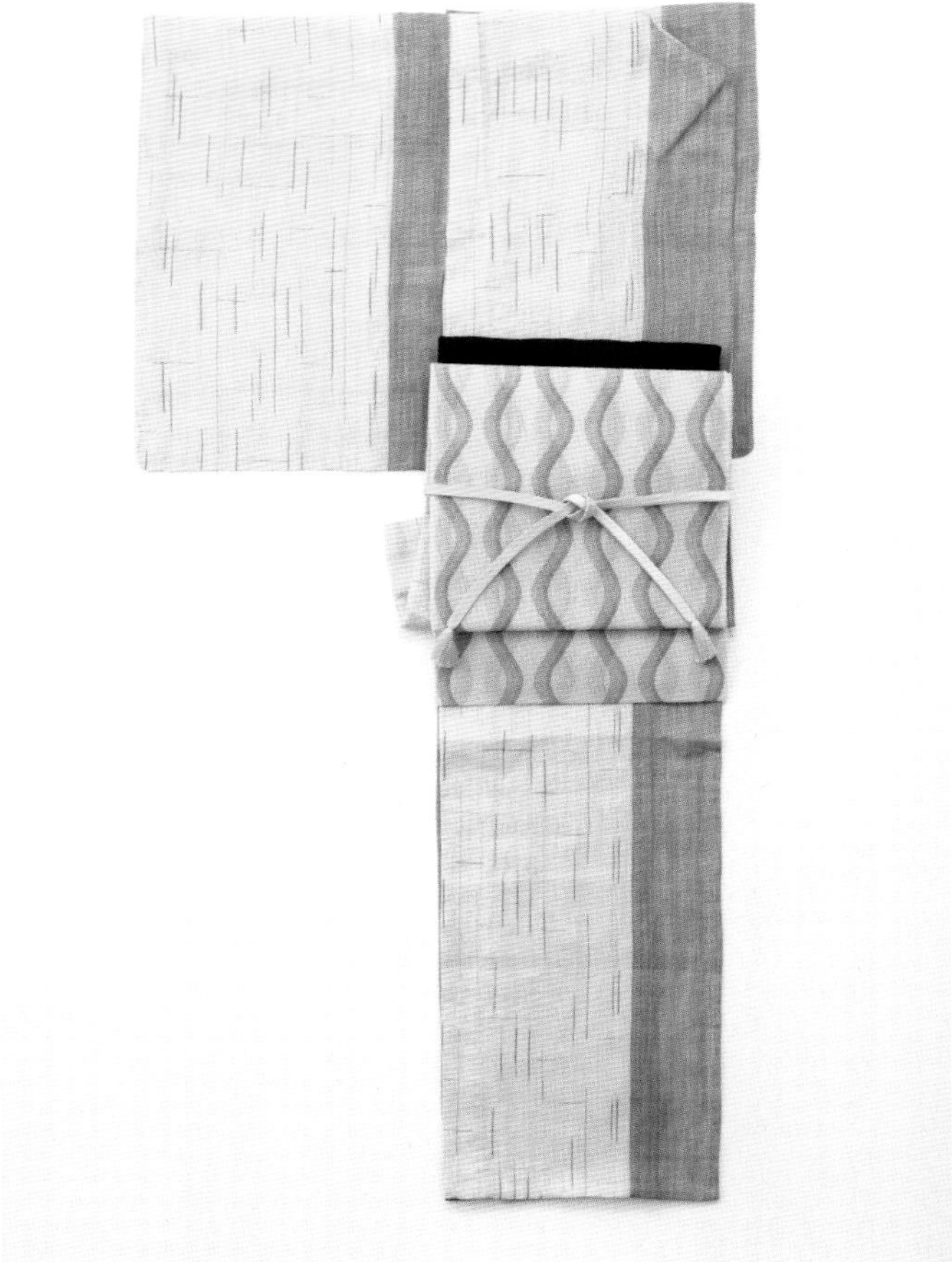

宮古上布の着物に羅の帯

脱いでみると、尻と膝の圧力がかかる部分が、ぼこっと出ている。この浴衣で外に出るわけではなく、居敷当ては好きではないのでつけていなかった。昔は浴衣は一年で着倒すものだったが、今はそうではない。

しかし三、四回、洗った浴衣というのは、浴衣の人生としてどのくらいの位置にあるのかと疑問に思った。まだまだ着られるのか限界なのか、それをすでに過ぎているのか。問題があるのは尻と膝の部分だけなのだが。

八月×日　麻は涼しいけれど、私は麻負けする肌質で、平織の襦袢を着ると、裾と脚が擦れる部分の皮膚が赤く横に切れてしまう。くたくたになった麻の襦袢だったら大丈夫かもしれないが、そこに至るまでが、私の場合は無理なので、麻の着物を着る場合は、麻とポリエステルの混紡のトスコの襦袢を使っている。なので麻+麻の快適さはわからない。

私が子供のときは、近所のいつも着物姿のおばさん、おばあさんたちでさえ、「夏は暑いから」と、浴衣をリメイクしたあっぱっぱを着ていた。外出も洋服だった。温暖化で明らかに気温がおかしくなっている今、私の場合は三十五度を過ぎたときの外出は、どうしてもやむをえない状況でない限り、着物は着ないことにした。着ていくときはすべてタクシー移動しか考えられない。二十度台から三十度までは問題なし。それ以上の気温のときは、そのときの気分と体調と相談する。

八月×日　二年前、少しでも涼しく夏着物を着る対策はないかと調べて、「アウトラスト」という素材の肌襦袢とステテコ、ワンピース形肌着をみつけた。この素材はNASAのために開発された、宇宙服にも使われているもので、寒いときも暑いときも、体温を快適に調節してくれる素材らしい。

多少値段は張ったが実験も兼ねて、肌襦袢とステテコを購入したものの、これまで使っておらず、今年は酷暑だからと出してみた。ところが特許をとった自信のある素材だから仕方がないのかもしれないが、堂々と表に「NASA」と「Outlast」というタグが縫い付けてある。着用して鏡の前に立つと、それがとても目立ち、スペースシャトルに乗り込むのに、間違って着物の肌着を着てきちゃった、ものすごく間抜けな人に見える。でもこれで涼しく感じられるのであれば、間の抜けた宇宙に向かう人に見えてもよい。すべては快適な夏着物のためである。気温の高い日に着てみよう。

八月×日　雨の日。隣町での打ち合わせに洋服でいく。帰りにうちの近所で着物男子に遭遇。傘を差して浴衣ではなく小千谷縮《おぢやちぢみ》を着ていた。ブルーグレーの着物に白地にグレーの博多献上の角帯を締めている。二十歳から二十五歳と思われる。近くに長唄の家元のお宅があり、たまに着物を着慣れた若い男性と遭遇するのはそのせいかもしれない。

そうか、このような男子もいるのかと驚きつつ家に帰る。

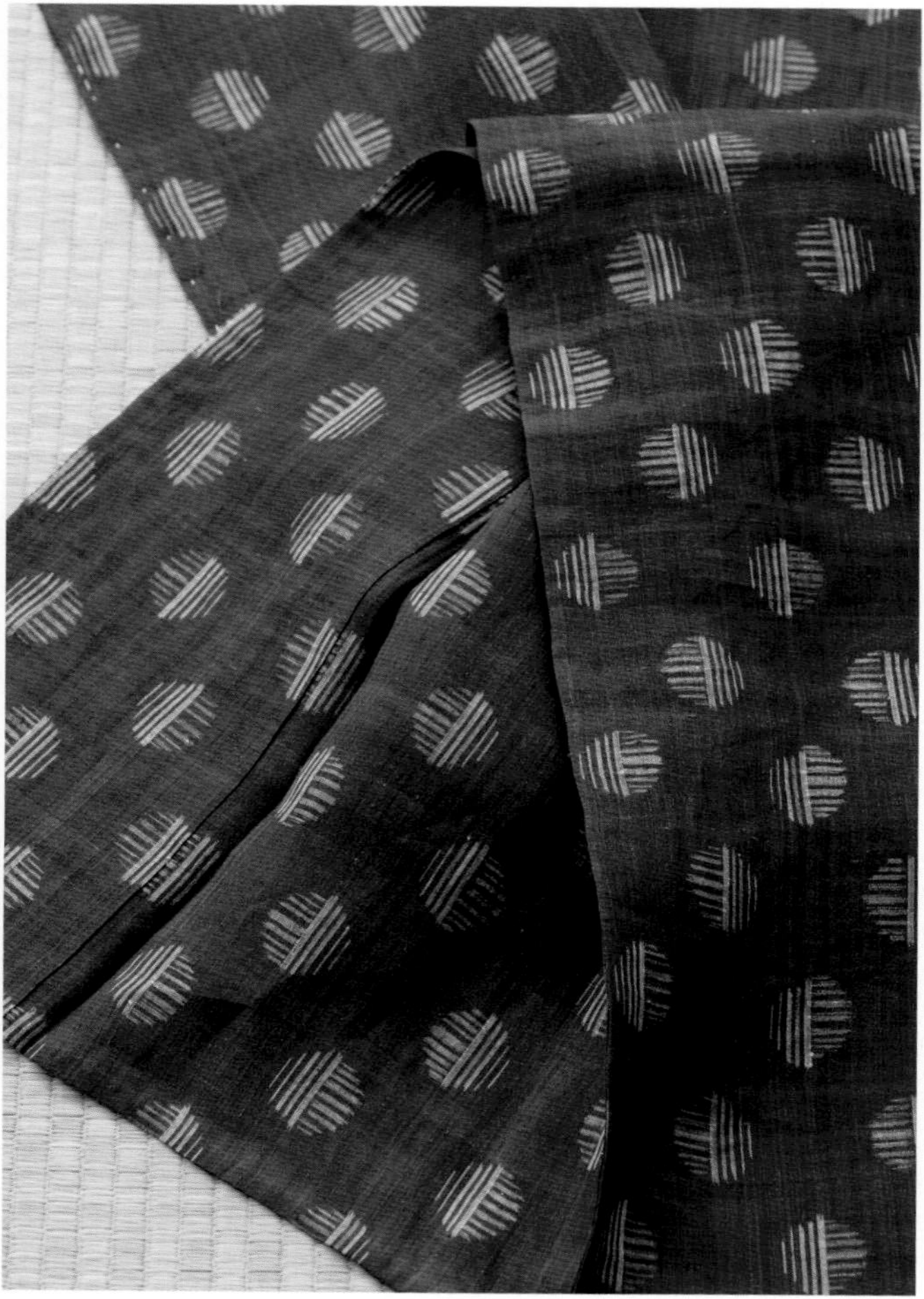

越後上布の着物

雲柄絞り浴衣にリバーシブルの半巾帯をかるた結び

白鷹上布に同じく白鷹もじり織の名古屋帯

私は洋服にしてしまったが、どうせ上に雨コートを着なければならないのだから、綿紅梅でも着ればよかったと後悔する。

八月×日　銀座のイタリアンレストランでランチ。大小の四角が散った夏大島に、紗の壺たれ柄の名古屋帯で行く。襦袢、半衿とも正絹の絽。足元は麻裏の足袋にカレンブロッソ。へちまの帯板に伊達締めもコーリンベルトもなしに、胸紐だけにしたが問題なかった。肌着はたかはしきもの工房の、満点裾よけの下にアウトラストのステテコを穿いてみた。たしかに汗をかいてもぺたぺたせずに快適ではあった。

しかしこれだったら前開きなのが問題ではあるが、「エアリズム」の男性用ステテコとあまり差がないような。夏場の肌着はとにかく洗って消耗が激しいので、費用対効果を考えるとエアリズムのほうがいいような気がした。また自然素材のステテコも、以前はクレープのものを使っていたが、同じ綿でもスーピマ綿のほうがしなやかで心地いい。クレープは家着及びワンマイル用にした。

八月×日　本棚から『モデルノロヂオ』を取り出して眺める。戦前の町中の様々なものを調査した本である。そのなかに「街頭・帯のしめ方」の項目があり、一九二八年の八月、銀座から新橋にかけて見かけた女性三十七人の帯結びが、フリーハンドのイラストで二十五人分描いてある（そのうち一人は紐か兵児帯を締めた子供）。それを見ていると、今と比べていかに帯結びが「適当」かがよくわかる。工場で働いている女性はみな半巾帯で矢の字、吉弥結びと思われる結び方をしている。半巾帯に帯締めをする場合、帯締めは結び目の中に通すけれど、彼女たちは結び目の上から帯締めをがっちりと締めている。他の女性は結び目の下を通している。帯全体を締めるほうが、仕事をするにはしっかり固定されて具合がよかったのだろうか。

イラストを見るとお太鼓の人も、帯枕を使っていないと思われる人が多く、だらりとお太鼓が垂れている人もいる。お太鼓というよりも、輪にした帯がただ垂れているといったほうがいい形状だ。

全体的にいえるのは、みなお太鼓もたれも手なりで結んだのか、ゆがんでいる。なかには半巾帯で、おでんに入っている昆布みたいに、ただ一回結んだだけというような形の人もいたが、たれ部分がお尻にあるところを見ると、かるた結びのバリエーションかと想像する。また見たことがない謎の帯結びが一人。手の端か、たれの端かわからないのだが、胴帯の下から上に向かって帯の端が三角形ににょっきりと出ている。それにはモガの事務員、推定二十歳が締めていたと註釈があり、斬新な結び方だったのかもしれない。

イラストから判断するしかないのだが、帯幅を考えると六寸帯も使われていたのではないか。当時の女性たちは、銀座、新橋を歩いていようと、お太鼓はゆがんでいてもOKだったのだ。夏ということもあり、着物もぐずっとゆったり、着ていたのに違いない。

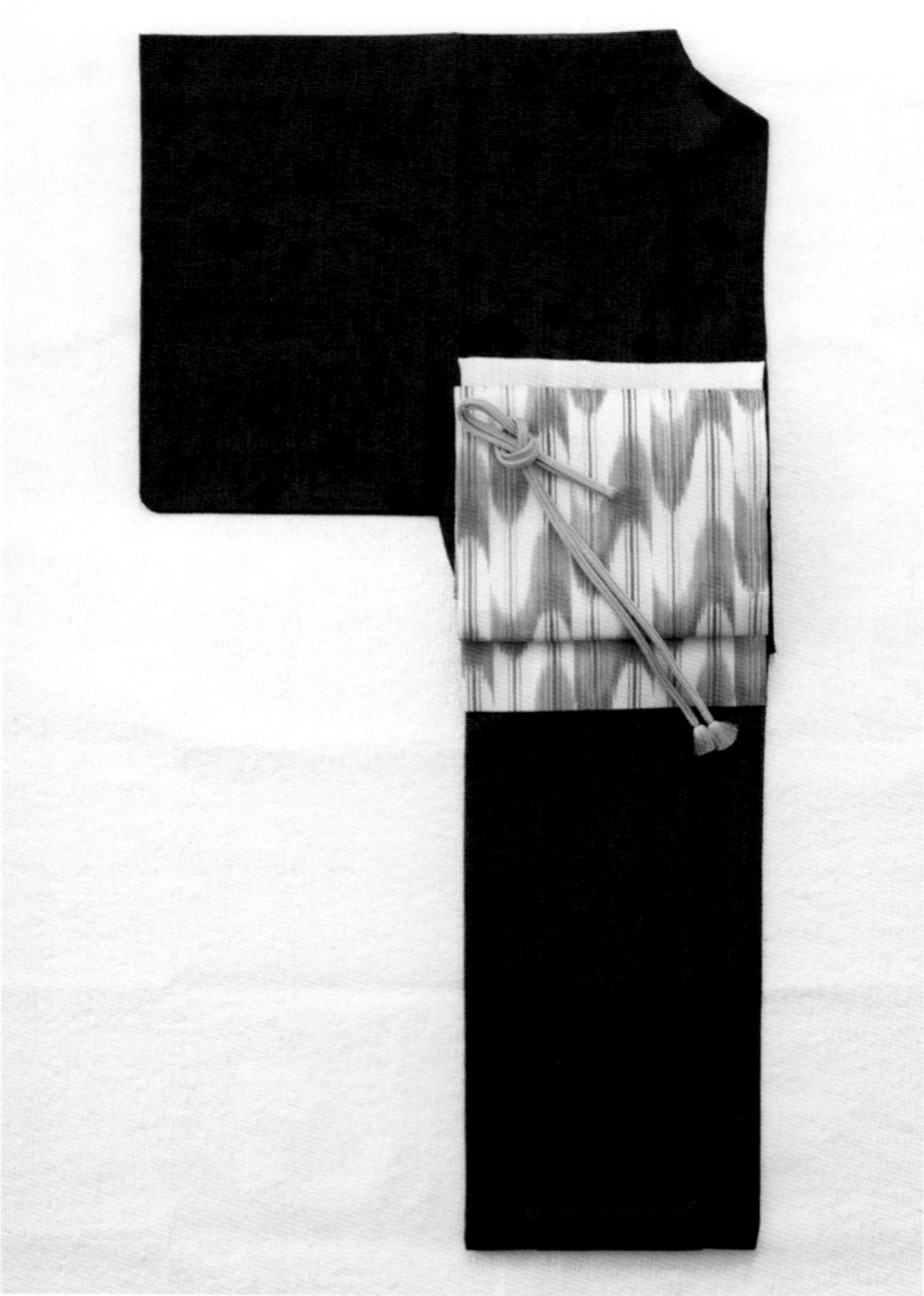

大小の四角が散った夏大島に壺たれ柄の名古屋帯

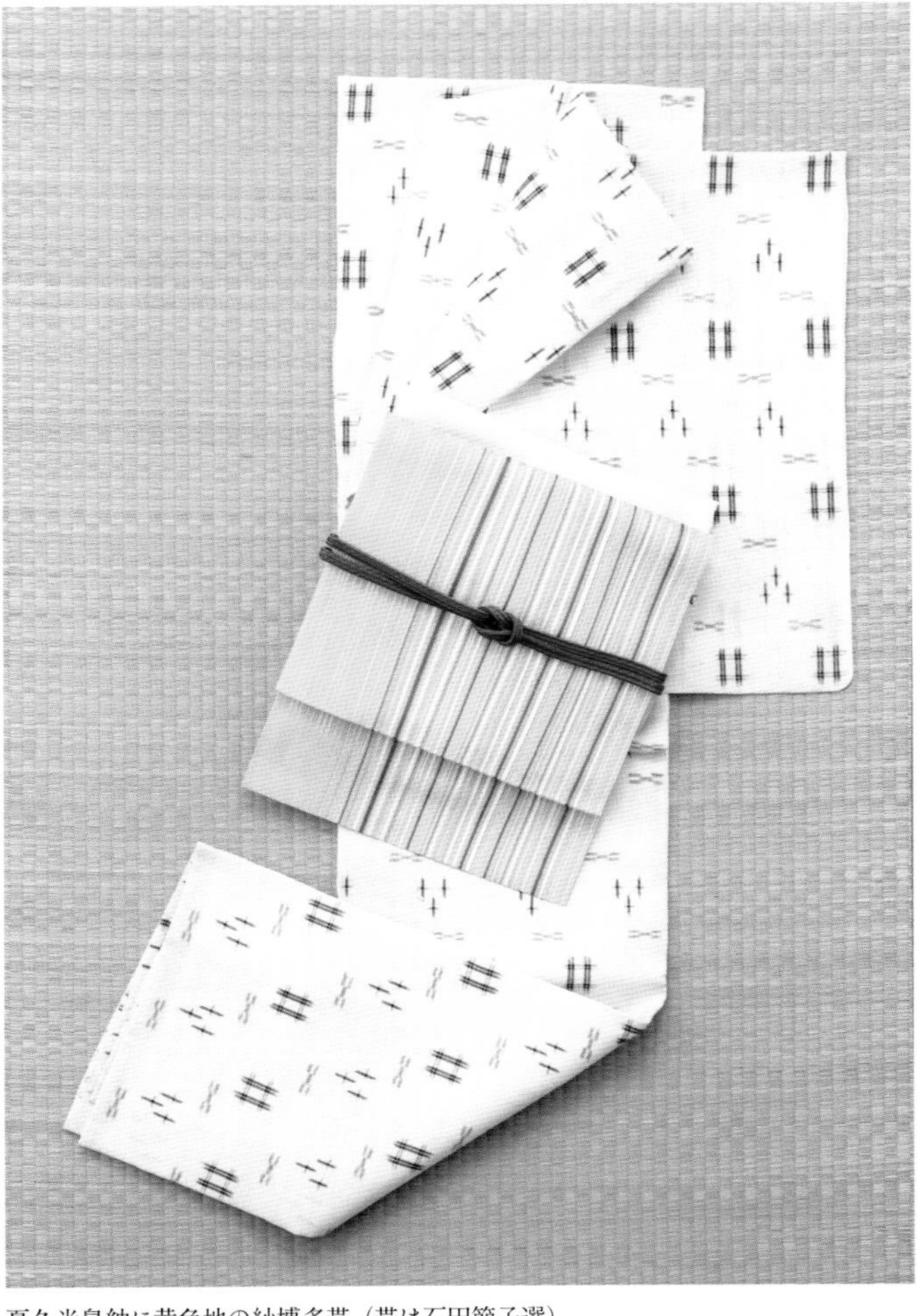

夏久米島紬に黄色地の紗博多帯（帯は石田節子選）

着方がこれでいいとなったら、もっと着物を着る人が増えるはずだ。着付け教室があるおかげで、着物は一般の人の間にも残ったかもしれないが、その弊害もある。それらから発生したであろう着物警察は偉そうで鬱陶しいし。

八月×日　雲の柄の絞りの浴衣を着る。帯は夏帯のリバーシブルの半巾でかるた結び。家では片ばさみからこちらに完全移行。

八月×日　丸の内で平日ランチ。透ける夏物は着納めといった雰囲気である。今日の着物は白鷹織の上布に、同じく白鷹のもじり織の名古屋帯。上布といっても素材は絹である。ちりよけのために紗のコートを羽織る。気温三十二度の予報のため、着付けに手間を取りたくないので、たかはしきもの工房の、『満点スリップエクストラ』を絽の襦袢の下に着る。その下にはエアリズムのステテコである。

家から最寄り駅まで徒歩十分程度なのだが、ホームで電車を待っている間、汗が止まらない。ショートヘアなのでまるで部活の中学生のように、こめかみ、うなじから汗が流れてくる。それを手ぬぐいで押さえながら、

「はあぁ〜」

とため息をついていると、電車が来てくれた。

四人のうちDさんは仕事の途中なので洋服、Gさんは作家物の長板中形の藍染の浴衣

で出勤したのでそのまま。〆のやの木村さんは青地に黒の丸い柄の紗小紋に、襦袢の白地に黄色の丸柄が透けている。といった、それぞれ素敵な着物姿だった。

暑くても着物を着ると、やっぱりいいなあと思うのだが、家に帰ると汗まみれ。帰りは暑くてちりよけは着られないので脱いでしまった。昼寝から起きてきた老ネコに、ぎゃいぎゃいと文句をいわれたのを、ネコ缶をあげて気を逸らせた間に、シャワーを浴びてひと息つく。着物ハンガーに襦袢や着物、帯をかけて汗をとばす。汗を外にしみ出させない満点スリップのおかげで、襦袢はしめっている程度、着物には一切、汗じみはなかった。

今回、今までとは違う帯板を試してみた。これまでは自分の身長を考えたのと、帯まわりがかっちりするのが好きではないので、短めのゴム付きの帯板を使っていたのだけれど、今回は同じくたかはしきもの工房の、『べっぴん帯板　ゆかた用ベルト付き』を使ってみた。

私は補整をしないので、上下が分かれた肌着だと、裾除けなどの余った布がウエスト部分の補整を兼ねるので問題ないのだが、ワンピースタイプを使うと、ウエスト部分が補整されないので、帯締めを結ぶとくびれてしまうことが多かった。そこでふだん使っている帯板よりも、十センチほど長く、かつ腰骨にあたる部分がカットされていて、痛くないように考えられているこの帯板を見つけて、使ってみたのだ。

するると長さがある分、それがウエスト部分をカバーしてくれて、とても帯まわりがきれいに整った。浴衣用なので軽いし、ワンピース式肌着と一緒に、一年中使えそうだ。

着物へのコーリンベルトをやめ、伊達締めに戻してみた。紗の伊達締めは以前も使っていて、そのときは特に何も感じなかったのだが、軽くて胸元も崩れていなかった。ただし安いものではなく、それなりの値段のものでないと、信用できないが。人それぞれ、使いやすい肌着、着付け道具は違うが、やっぱり自分で使ってみないとわからないなあと思った。

九月

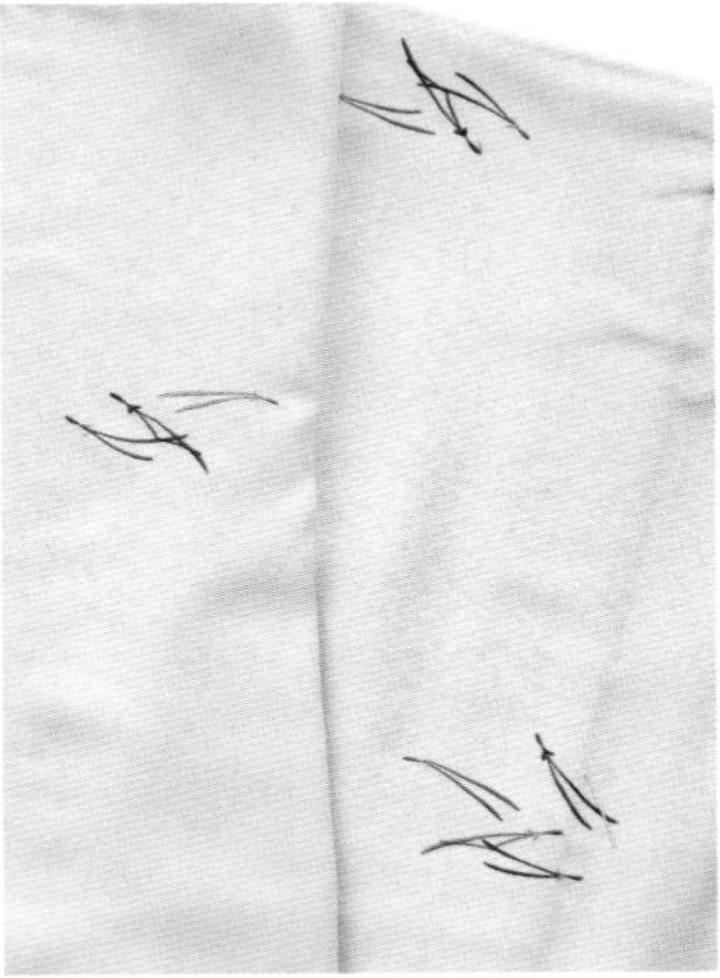

九月×日　九月らしい湿気も少ない爽やかな天気になった。着物を着て近所の公園にでも、のんびり散歩に出かけたいところだが、仕事が詰まっていてそうもいかず、ずっと家の中にこもっているだけだ。午前中に家事を済ませて、昼食後に絞りの丸柄の浴衣に着替えて仕事。帯結びはかるた結びである。午前中から寝ていたネコが起きてきて、私の姿を見てわあわあと責めるように鳴き、まとわりついて離れない。また着物＝お出かけの図式を思い出したのだろうか。家にいるから大丈夫となだめるものの、なかなか寝てくれず、仕方なく洋服に着替えると、ほっとしたように自分のドーム形ベッドに入って寝てくれた。また面倒くさいことになった。

九月×日　リンパマッサージを受けるので、洋服で外出。帰りの電車で薄物をお召しになった私よりも少し年上の女性をお見かけする。

紺色の縞の上に小さな菱形が飛んでいる、やや透けている織りの着物に、薄荷色の博多織の名古屋帯を締めておられた。昔は薄物から単衣への移行は、春単衣よりもきっちりと時期を守るべきものだといわれていたけれど、それほど暑い日ではなかったが、薄物で全然、かまわないなと感じた。もし単衣の人がいても、それでもいいと思っただろう。

何年か前に、「初めて着物を誂えるならば、袷ではなく単衣にしたほうがよい。昨今の気候では、四月〜六月、九月、十月と着られて、裏をつけない分、袷よりも仕立代が安いから」という内容が、着物の本に書いてあったのを読んで、私はびっくりしたが、これを書いた人には先見の明があったかもしれない。私の場合は袷と夏物は持っていたけれど、浴衣や木綿以外の単衣は品薄だった。周囲の人を見ても、単衣を潤沢に持っている人は、茶道を習っている人は別にして、少なかったような気がする。反物を仕立てるときも、単衣か袷かと聞かれると、多くの人は、

「単衣は着る時期が短いから」

と袷に仕立てていたのではないだろうか。地域にもよるだろうが、気候、環境の変化で、これからは単衣と袷の線引きがより曖昧になっていくだろう。透けないやや厚手の麻で、単衣の着物があったら便利そうだけれど。

九月×日　韓国で私の本を出版したいと依頼があり、重ねてプロフィール写真があればと連絡があった。私の手元にあるプロフィール写真は着物姿なので、それでもいいのだろうかと念のために問い合わせると、やはりＮＧだった。以前、韓国からの別の本の出版打診の際、その本には着物に関しての記述がたくさんあり、先方は「着物の記述がなければ」とおっしゃっていたという。

民族衣装は国の関係性において、いまだに根深い問題を抱えているのだとあらためてわかった。

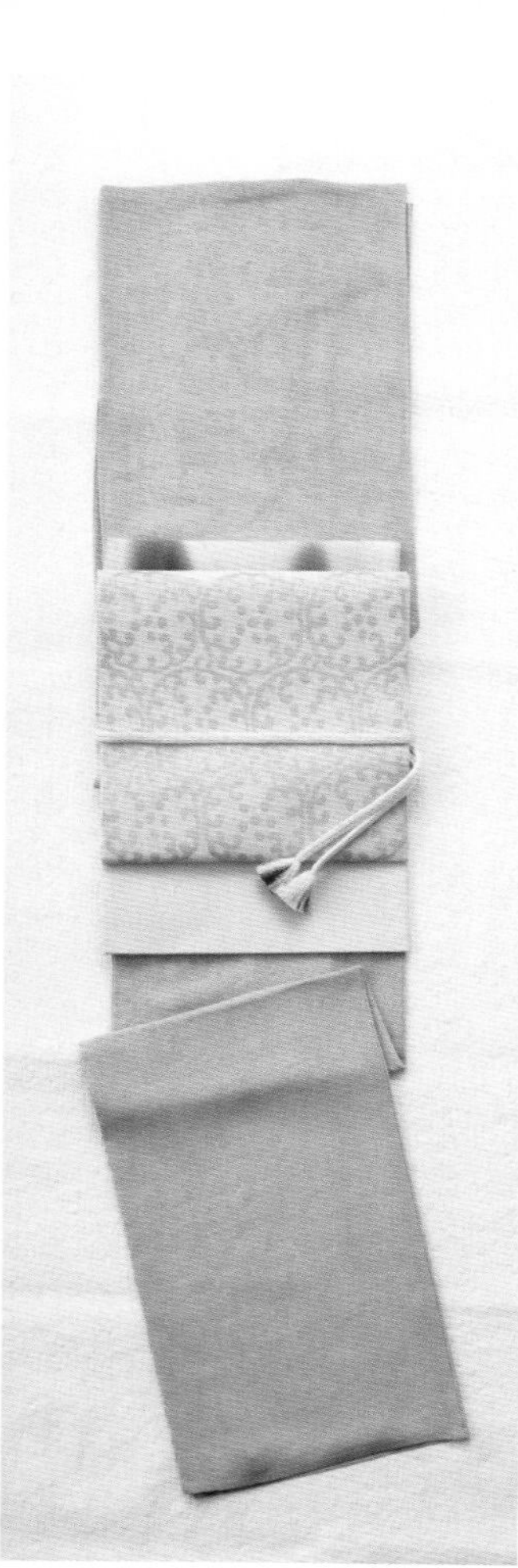

左の着物に、クッキーと呼んでいる紗の袋帯

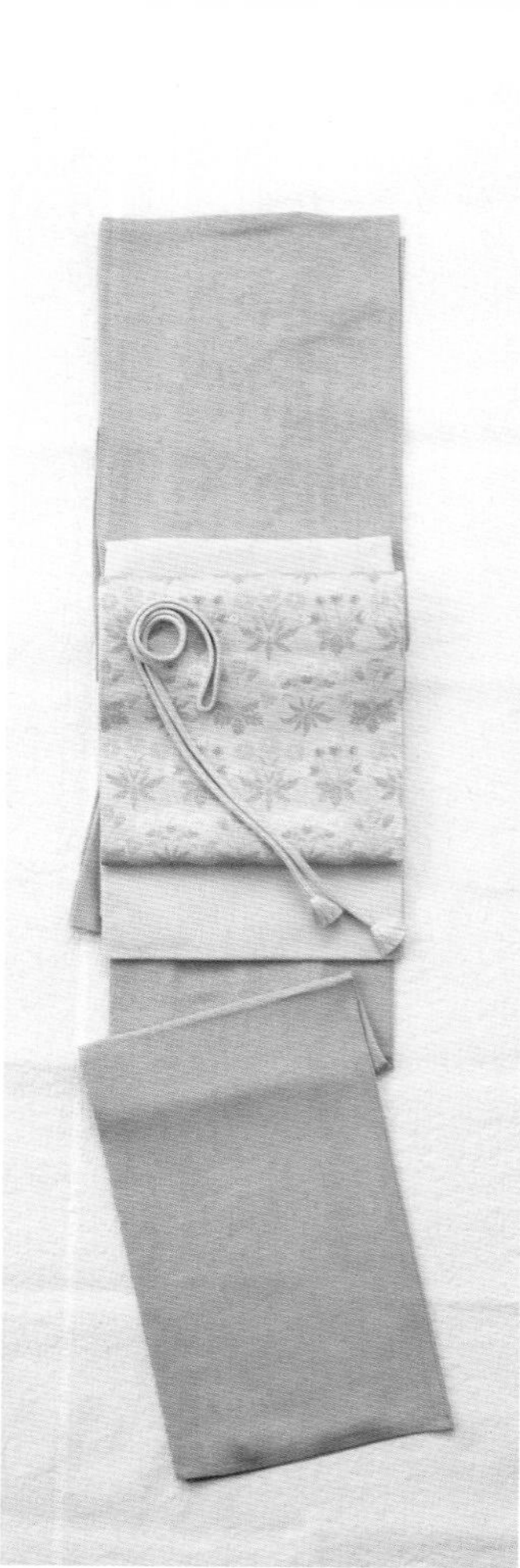

花模様の絽の袋帯

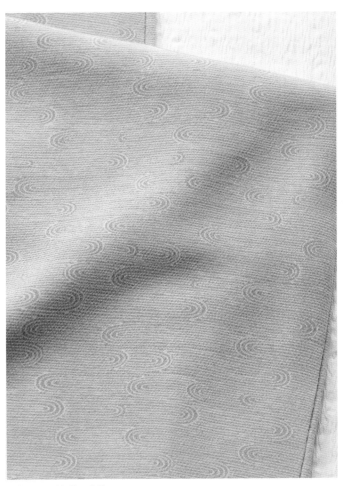

薄荷色観世水柄縫い紋付

九月×日　気温が高い九月上旬に、ワンマイルウエアとして着る着物は何がいいのだろう。いかにも浴衣といった柄では、日中、外に出るのは憚《はばか》られるし、やはり木綿の単衣だろうか。ひと目で浴衣とはわからない色柄の、奥州木綿だったらいいかもしれない。暑い日は衿をつけずに、それではちょっとという場所には衿つきで、などと思いながら、Tシャツとパンツで近所のスーパーマーケットに出かける。

自分で縫うために湯のし済みのまま積んである、阿波しじらを仕立てるしかないか。しかしいったん手をつけると、エネルギーのほとんどをそちらに注ぐので、仕事が疎《おろそ》かになるのは明らかで、恐ろしくて取りかかれない。

九月×日　最近また羽織が着たくなってきた。私の場合、ひんぱんに着たり、ぴたっと着なくなったりと波がある。若い頃は羽織はどこか野暮ったい感じがして好きではなかったのだが、突然、羽織好きになって何枚か誂えた。洋服でたとえたら、ブレザーあるいはジャケットのようなものだけれど、還暦を過ぎてまた興味が復活してきたのは、やや派手になった小紋の上に、落ち着いた色合いの羽織を着るとか、地味な感じの紬の上に、明るい色の羽織を着たら、また新たな気持ちで着られるようになるのではと考えたからだ。

母のところから回ってきた着物のなかで、私が着るには派手と感じている小紋がある。これは私が買わされたものではなく、母自身が購入したものだ。紫系の濃淡の道長《みちながど》取りの上に花が描かれていて、ところどころに金色も挿してある。織りの着物が好きな母も、とてもこの着物を気に入っていて、頻繁に着て外出していた。これには濃い紫色の引箔《ひきはく》の名古屋帯を合わせていたが、その帯はカビだらけになっていて破棄せざるをえなかった。

着物の整理をした際、何度も手放そうとしたのだが、母が気に入って着ていたことを考えると、どうしても手放せなかった。しかし私には柄が大きく、着慣れないので気後れしてしまう。タンスのこやしになっていてはもったいないので、どうしようかと考えた結果、羽織を上に着て、柄のボリュームを抑えれば、なんとか私でも着られるのではないかと思ったのである。着物スタイリストの秋月洋子さんデザインの、シルバーグレーの地に松葉を散らした着尺で羽織を仕立てていたので、これを上に着たらなんとかなるのではと期待する。袷の着物と袷の羽織が着られるような気温になったら、一度、着てみよう。

九月×日　羽織について考えていたら、ふと座るときはどうするのだろうかと疑問が出てきた。私が知っているのは、座る際、羽織の裾はお尻の下に敷かないように、後ろにはねあげるものだということだった。たしかに和室で座布団のときは大丈夫なのだが、椅子の場合はどうなるのだろうか。以前テレビで、片岡仁左衛門丈がタクシーに乗るときに、それはそれは美しい所作で羽織の裾をさっとはねあげるのを見たとき、ああ、こ

半巾帯はついいろいろ欲しくなる

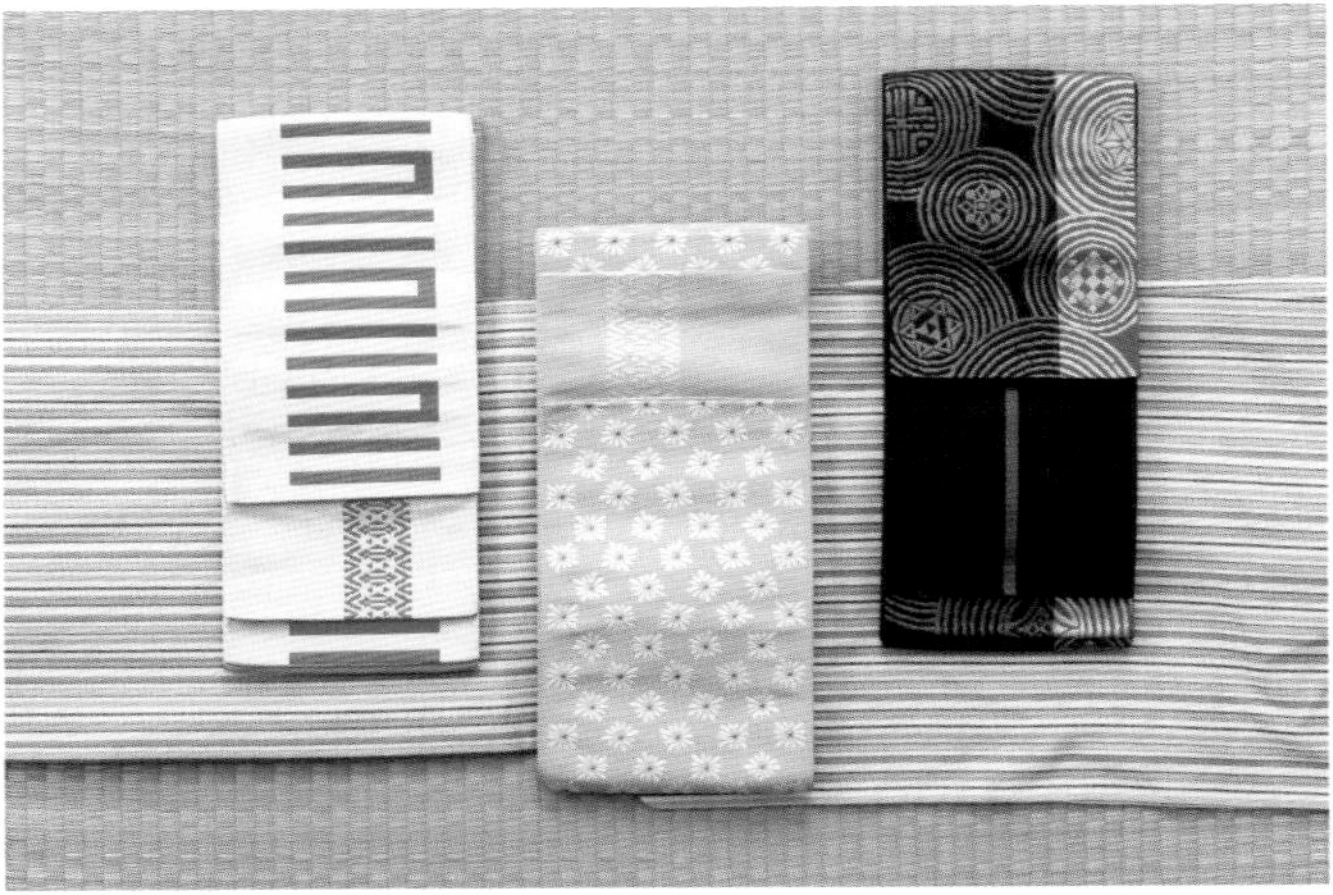

縞の保多織に博多半巾帯で居酒屋などに。
左から、ベージュ地ニコ段、黄緑地マーガレット柄、丸柄

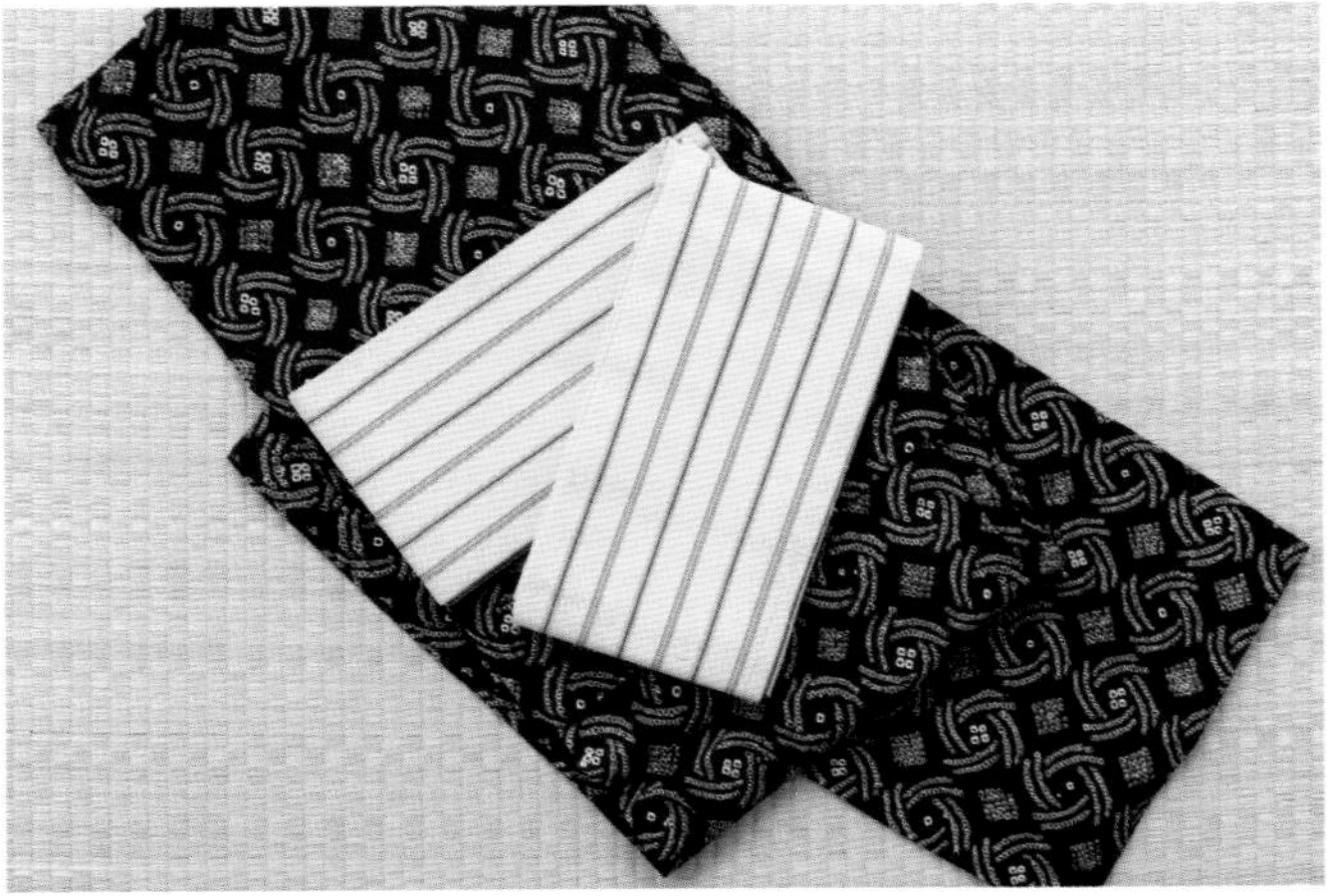

家で着た絞りの丸柄浴衣に芭蕉布の半巾帯

うするのかと感激したが、私の好みの羽織丈は長めなので、椅子に座るときに、おいそれと簡単に後ろにはねあげられないのである。

皺にならないようにと、裾からくるくると丸める作業は、お付きの人でもいないとても一人じゃできないし、逆に皺だらけになりそうだ。

昔の画像を調べてみたら、羽織を着ている女性はいるけれど、椅子に座ったときに羽織の裾がどうなっているかが明確にわかる写真はなかった。なかで長羽織をお尻の下に敷いているような感じに見受けられるものがあった。結局、コートを着ているときと同じように座るのが、皺を最小限にとどめられる座り方のような気がしている。

九月×日　Eテレの着物の番組を観る。タンスの肥やしになっている着物を着ましょうというテーマで、簡単に着るための二部式帯、おはしょりをあらかじめ縫い止めてある着物、二部式着物など、なるほどと思いながら観ていた。なかで紹介されていた、洋装とも兼用できる衿付のTシャツ風肌着は、私も買って着てみたけれど、私が着物を着るときにいちばん気をつけている衿元が、思い通りにならないのが困った。それが体に合い、気にならない人にはとても便利だと思うが。

私には中途半端な作りで、和装にも洋装にも使いづらかった。

番組のなかで一点、気になったのは、本編の内容とは関係ないが、講師の女性が素足で室内に上がっていたことだった。いくら夏場の撮影とはいえ、他人様《ひとさま》のお宅に仕事でうかがうのだから、大人の礼儀として道中は素足でも足袋くらいは持参して、もっと配慮したほうがよかったのではないか。

九月×日　「竺仙《ちくせん》」からの品物の包みをほどいていたら、中から二つ折りのかわいらしい「しおり」が出てきた。それを読むと、初代の仙之助は背が低くて、ちんちくりんの仙之助と呼ばれていたという。それでちん「ちく」りんの「竺」、仙之助の「仙」をとって「竺仙」と名付けたという。

これまで何枚も竺仙の浴衣を誂えてきたが、はじめて店名の由来を知った。ちんちくりんの私はより竺仙に親しみを覚えた。

九月×日　取材があるのだが、着物で行くかとても迷う。プライベートであれば問題ないのだが、今回は取材をした媒体が主に配布されるのが、早くても十月中旬からで秋まっただなかなのである。透けない単衣でごまかし、半衿と帯を袷用にすれば、襦袢が単衣でも何とかなるかと、閉店が決まった浅草「中山」でいただいた、大胆な市松柄の本塩沢の単衣を取り出し、襦袢の衿も袷用につけ替えた。本来ならば八寸帯を締めたいところだが、媒体が地方の新聞なので、手持ちの帯の柄などを検討した結果、締めるのであればすくいの袋帯と決まった。しかし、気温があと少しで三十度という日なのである。

とりあえず着てみたものの、これで外に出るのはあまりに辛くて洋服にしてしまった。

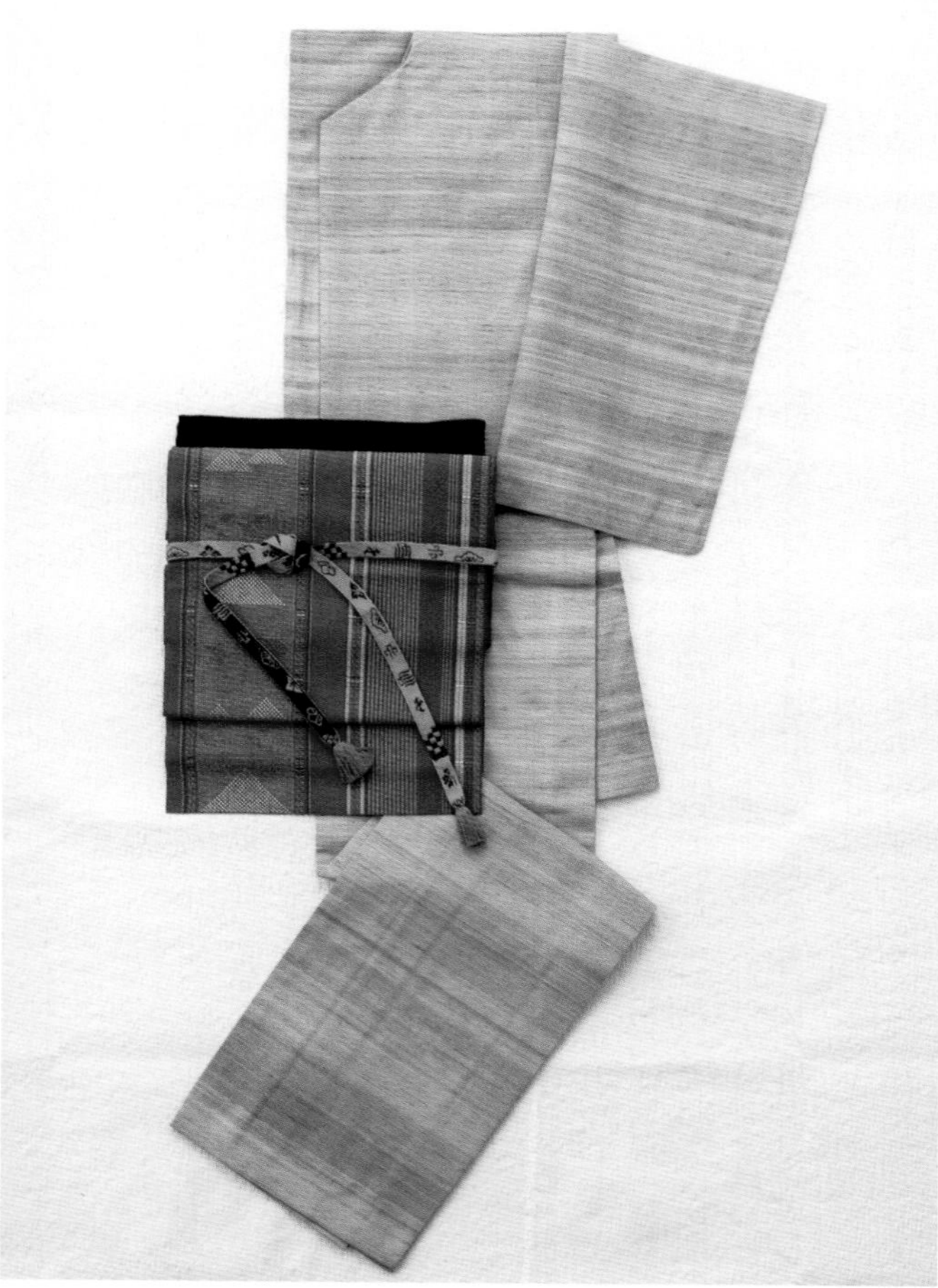

「衣裳らくや石田」で仕立てたトップ染めの米沢紬と、いただきものの首里織の名古屋帯

大胆な市松柄本塩沢の単衣と鳥獣戯画柄の名古屋帯

ただ例のＮＡＳＡの肌着だが、それを着るとややひんやりとした感じはあった。しかしだからといって、外気温二十九度が二十五度以下に感じられるわけでもなく、本日の着物外出は断念となった。還暦を過ぎたおばちゃんの体調は毎日違うので、それも影響したかもしれない。七分袖のブラウスにポリエステルのワイドパンツでも汗をかくほどで、歩いている女性でノースリーブの人も多かった。

六月の単衣の時季であれば、前倒しでも問題ないが、九月の単衣、十月の袷の移行時期は本当に難しい。特に仕事がらみでタイムラグがある場合はなおさらだ。気候はどうにもならないのだから、うまくすり合わせていかないといけなくなった。

九月×日　湿気も少なくとても爽やかだ。しかし私が着物を着ると、文句をいう毛皮の生物がいるので、長時間のお出かけはできない。仕方なくのんびり外出はとりやめて、着物で図書館に行って資料を探すことにする。先日着られなかった単衣の本塩沢に、手描きの鳥獣戯画柄の名古屋帯を締める。足元は下駄である。行く途中で明るい紺地に黒の太さの違う縦縞が何本か入った単衣の着物姿の方を見かける。私よりも少し年上だろうか。帯は紺色の無地の名古屋帯で、足元は焼きの芳町《よしちょう》。ざっくりとヘアスタイルをアップにした感じからして、とても着慣れていらっしゃるようだった。

館内で本を探していると、背後から、

「ママー、今日はお祭りがあるの？」

という毎度おなじみの大声が……。こっそり本棚の陰に隠れる。静かにしてくれないかなと様子をうかがっていたら、用事が済んで、すぐに出ていったようでほっとする。六月から十月までは、子供にとっては着物＝お祭りになるのだなと肝に銘じる。袷の時季に着ていたら、

「お正月じゃないのにどうして着てるの」

といわれてしまうのだろうか。

本を数冊借りて家に帰ると、まだ老ネコが昼寝していたので、帯だけ半巾に替えて仕事をする。もちろん結び方はかるた結びである。鏡に自分の姿を映してみて、あらためてこのお尻が丸出しになる結び方では、とてもじゃないけど外に出られないなと深く納得する。早く羽織が着られる季節になって欲しい。

九月×日　リンパマッサージのために洋服で外出。その前に某店に寄って、じゃじゃ織の大島紬をフルレングスの道中着に仕立て直したものの確認をする。紐の色の候補として水色と、薄紫と薄茶色の中間のような色の二色を見せてくださり、中間色のほうを選んだのだが、柔らかい雰囲気になってよかった。

九月×日　更衣でいうと明日からは袷だが、とてもじゃないけれど無理だ。これからは着物の単衣と同様に、袷の下に着るために袖が単衣仕立ての襦袢が活躍しそうな気がす

る。以前、秋月洋子さんにアドバイスをしてもらって、袖だけを裏返しに仕立てる襦袢を作ったけれど、脱いだときはいまひとつだが、快適に着るためと、外から袖口を見られたときに、「あれっ、裏なの？」と思われないためにはこの方法がいい。

袖口と振りの外から見える部分だけ裏をつける、半無双という仕立て方もあり、こちらも袖口から襦袢の裏は見えないけれど、厚地の袷だったらこちらのほうが、振りと袖口に厚みが出るので、単衣袖の襦袢よりもいいかもしれない。

十月

十月×日　やっと着物が修行ではなくふつうに着られる気候になってきた。袷ではなく単衣だけれど。

十月×日　ＢＳで寄席のお囃子三味線を担当する、田中ふゆさんという方を紹介した、短いテレビ番組の録画を観る。夏の取材だったようで、浴衣をお召しになっていて、さっとまとめたヘアスタイルや、厚塗りではない薄化粧も感じがよく、

「こんなあっさりとした着物姿がいいなあ」

と思った。

十月×日　週末に着物でのランチ会なので、襦袢に半衿をつける。気温が不安定でどうなるかわからないため、単衣用の襦袢に袷用の衿をつけておく。

十月×日　着物でランチ会のはずが、残念ながら雨のために中止。雨が降ったら着物での外出をいさぎよくやめるのも、ひとつの考え方だろう。

十月×日　急激に寒くなってびっくりする。

用事があったので洋服で都心に出たら、私と同年輩か年上の着物姿の方を何人もお見かけした。襦袢類まではわからなかったが、みなさん袷の着物にコートを着ていた。浴

衣と給の気温が混在する気候というのはいったい何なのだろうか。いったいどんな着物を着ればよいのであろうか。

十月×日 以前は家で着物を着る場合、かっぽう着を着用していたが、動くたびにがさがさしてかさばる感じがとても気になってきた。結城の横縞の単衣にシルバーグレーの博多半巾帯を締める。結び方はこのごろずっとかるた結びだったが、この組み合わせだったら、矢の字のほうがいいような気がして、今日は変えてみた。

着物の下はゑり正の衿付筒袖半襦袢、下半身は昔、長襦袢だったのを、上半身が劣化したので切り離し、さらし布を縫い付けて作った裾除けである。家事をするときに、たすきがけに前掛けは軽やかでいいのだが、胸元の水はねなどが防げないので、とりあえず手ぬぐいを衿元にはさみこんだりしている。

十月×日 雨続きのなか、やっと気持ちよく晴れたので洗濯をした。膝と尻の部分がぽっこり出てしまった浴衣の直し方を木村さんに聞き、教えていただいたように洗い、和裁のへら台を上にのせて押しをし、でんぷん糊を買ってきてスプレーしてみた。どうなることやら。

気温が二十度に届かないくらいなので、たまたま引き出しを開けたところにあった、袷の紬に博多半巾帯を相も変わらずかるた結びにした。この紬は二十年以上前に買った

カーブした横縞柄紬に博多半巾帯（上）、ペルシャ模様っぽい半巾帯（下）

伊兵衛織の着物と伊兵衛織の帯

縞の伊兵衛織に抽象柄紬織の洛風林帯

もので、無地の地にカーブした横縞柄が織られている、あまり見たことがない柄行きだった。それを母に、

「あれ、よかったわね。お姉ちゃんが着るときまで、着やすくしておいてあげる」

と横取りされたのが、ブーメラン状態で戻ってきたのである。ところが若い頃は顔映りがよかったのに、年齢がこの地味色の着物にぴったりとマッチしすぎて、着るとどうも老けるような気が……。半衿を濃紺にすればいいかなと悩みつつ、まあ、いいかと半襦袢についている白衿のまま着る。週末に用事があるので、期日前投票に出かける。上に木綿の紺色の上っ張りを着て、足元は下駄。これまで何回か期日前投票をしているが、今回は今までにないくらいに混雑していた。

帰ってきて干した浴衣を取り込むと、昔のように全体を糊付けしたのと違い、スプレーのおかげで適度な張りが出てきて、いい感じである。気になっていた部分はましにはなったけれど、当然だが完全に平たくはならず、ふくらみが残っている。浴衣の本来の目的の湯上がりだったら問題はないが、外に出るのは完全にアウトだ。そういえば小唄の師匠が、そのような浴衣を、寒くなると家着の襦袢がわりに着ていらしたのを思い出した。着物の衿から紺地に白や、白地に紺の柄の色がのぞいているのもとてもよかった。

十月×日　ある方の着物の本を買ってみたが、その人の普段着という感覚と、私の普段着との認識が違いすぎていて、ああ、そうなのかと気付かされた。私が考える普段着と

いうのは、家の中で着るウール、木綿、紬に半巾帯であって、作家物の着物ではない。大島や着倒した結城を半巾帯で着るときもある。それでも家にいるときか、小唄のお稽古のときのものである。ただし上に羽織が着られる季節であれば、半巾帯で出かける場合もある。

私にとっては帯が半巾帯だと普段着という感覚だろうか。それより一段上が八寸名古屋帯。出かける場所によって、その上がお出かけ着のランクの紬や小紋に名古屋、洒落袋帯といった感覚である。

その本では私の感覚のお出かけ着が、著者の普段着の基準になっていた。また織りよりも染めの着物が好きだと、よりドレッシー感が強くなるし、立場上、訪問着を着る機会が多い人は、そうなってしまうのかもしれない。

以前、半巾帯はお手伝いさんが使う帯なので、家にいるときも名古屋帯を締めるようにと、母親からいわれたという話を聞いたことがあった。教えてくださったのは大正生まれの方で、お母様は和裁の先生でたくさんの女性が習いに来ていたという。東京下町の生まれで、ずっとその土地で暮らしている方だが、当時はそのような使い分けがされていたのだ。

十月×日　これからの使い勝手を考えて、着物の肌着類が入っている三段の引き出しを出して整理することにする。どれもが新品なわけではなく、処分する機会を逃した着古

OLのとき貯金をはたいて買った泥大島に綴名古屋帯「耀彩段」

縞の大島紬地に絞りが入った縫締め碁盤絣に名古屋帯「水辺の鳥」

格子柄の大島紬に板倉眞理子作の
型染め帯

柿渋染の絞り付下紬に白鷹八寸の帯

したものが大量に出てきた。着物の肌着は値段の張るものが多いので、おいそれと捨てられないのが徒《あだ》になってしまった。

引き出しの一番上を抜き、中をぶちまけてみたら、まあ出るわ出るわ、こんなに裾除けがあったっけ？　とびっくりするくらいの量が出てきた。そのうち正絹のもの以外は、満点裾よけ三枚を残して、全部、ゴミ袋に入れた。愛用しているババシャツと一体化した装道の着るブラジャーと、和装用綿混ブラキャミソールを一枚ずつ残す。

二段目は筒袖の衿付半襦袢で、何度も洗ってくたびれた感じになったものはすべて処分した。ゑり正製と誂えたものの、三枚ずつを残す。

三段目はワンピース形和装肌着が入れてあり、かぶり式、前が打ち合わせ式になっているものがあった。かぶって着るタイプは楽には楽だが、ウエスト部分に厚みが出ず、帯が不安定になるので処分。打ち合わせ式は正絹だったので、とりあえず残した。和装宇宙飛行士になるアウトラストは、まだ夏場の試着の余地があるので残し、結局、不要になったものは、四十五リットルのゴミ袋二つ分になった。洋服の肌着よりも和装肌着はもっと捨てどきがわからない。

十月×日　先日のカーブした横縞柄が織り出されている紬の下に衿付筒袖半襦袢を着て、ペルシャ模様っぽい半巾帯を締めて終日仕事。

十月×日　和装に興味を持ちはじめた高校生のとき、まず関心が向いたのは着物と帯だった。当時は着物雑誌を買う金銭的余裕がなかったので、家に出入りしている呉服店の人が持ってくる反物を見せてもらったり、その店に行ってお店の人から、

「これは大島、これは結城、これは十日町、あちらは黄八丈……」

と触れながら教えてもらった。当時は着物を持ってくるのも、お店にいる店員さんも男性ばかりだった。社会人になって自分のお金で買えるようになってからも、呉服店でさまざまな着物を見せてもらい、着物の意匠や技法についても教えてもらった。個人商店ではいろいろとトラブルもあったけれども、私にとっては町の呉服屋さんが着物の先生でもあった。その頃には着物雑誌も自分で買えるようになったので、毎号、なめるように読んでいた。あまりに何度も読み込んだので、着物のＴＰＯや、季節にふさわしい柄、素材など、少しは頭の中に入ったのではないかと思う。

その後は襦袢や柄半衿、色半衿に目がいくようになった。訪問着、付下、小紋といった華やかな着物が苦手で関心は紬ばかりだった。しかし半衿や襦袢だったら、見える部分が少ないので、花柄でも色が鮮やかでも安心して着られた。着物は地味に、襦袢は柄物が好きだった。そんな時代はとても長かったが、中年になってからは小物にも興味が出てきた。小物の色合いが着姿を印象づけるのがわかってきたのだ。

着物や帯が新しくなくても、小物が新しいものだときちんとして見えるし、その逆に着物と帯がぱりっとしていても、小物がくたびれていると、印象はいまひとつになる。

綿薩摩に合わせるのはペルー柄帯が多い

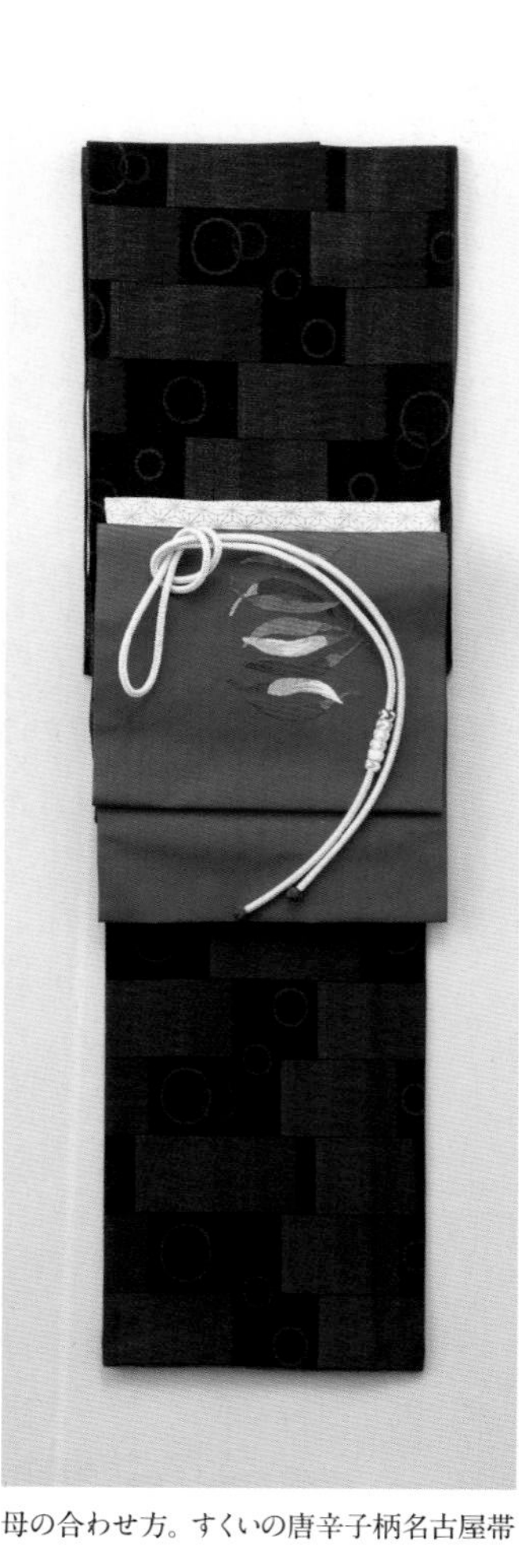

母の合わせ方。すくいの唐辛子柄名古屋帯

母からの綿薩摩

分量は少ないが侮《あなど》れないのである。

五十代に入ってからは、その小物の色合いを再考する時期になった。若い頃は小物の色も地味で、焦げ茶の帯揚げやグレーの帯締めも締めていた。しかし化粧をほとんどしない私が、この年齢でそれをすると「毎日、喪」状態になってしまい、疲れ、老けてみえるようになった。今までは白地、薄ピンク、クリーム色などの小物は好きではなかったけれど、そういった色を使うと帯回りが華やいで「疲れ」が払拭されるような気がした。

それからは小物の色にローズ系、ピンク系、深い赤、白地に飛び絞りなどの女性らしいものも増えていった。その色の着物を着る勇気はないけれど、小物だったら取り入れられるし、そういった色が身の回りにあると気持ちも明るくなる。

十月×日　草履や下駄類を全部出してみた。三十歳近くなって、たまに着物を着るようになり、いちばん最初に自分で買った草履は、銀座にあった「小松屋」のものだった。そのときは貯金をはたいて購入した泥大島と山下八百子《やおこ》作の鳶八丈を持っていたので、それに合わせるものをと話すと、えんじ色に白の鼻緒のものを勧めてくれた。まだ会社にも勤めていたし、外出する用事も少なかったが、この形の美しい草履がうれしくて、毎日、足袋を履き畳の上で草履を履いてはうっとりしていた。

持っている着物のほとんどが紬なので、のちに下駄も購入した。しかし歩き方が悪いのか、二枚歯の芳町は平地はいいのだが、階段を上り下りするのが不安定で怖くなったので、のめり、右近ばかりだった。ただし形としては芳町がいちばんきれいだと思っている。その後も畳表の草履を買ったりしたが、当時の履物は人に譲ったので現在は手元にない。

またお稽古の発表会などで、柔らか物を着る必要が出てきたので、たまたまデパートに出店していた、「伊と忠」の草履を履いてみたら履き心地がよく、以来、草履は伊と忠が多い。下駄は浅草の「合同履物」で誂えたり、インターネットで購入。私は糸春雨という細い縞柄の台が好きなので、「黒田商店」製も気に入っている。カレンブロッソはいちばんよく履いている。鼻緒が布製タイプのものも持っているが、この草履は雨の日でも履けるのが私には重要なので、鼻緒は合皮のほうが使い勝手がいい。柔らか物やちょっと値の張る紬のときは、伊と忠の草履を履いている。

他にも雪が降っているときは着物は着ないが、道路に雪が残っている場所を歩かなくてはならないときのために、底の滑り止めががっちりとついている、「れん」の草履もある。『美人のつま先』という、着脱可能な草履用つま掛けも、何かのときのために用意している。

十月×日　今日は母のところからまわってきた綿薩摩を着る。これは私が知らないうちに母が私のお金で購入していたもので、まあ当然の場所に戻ってきたという感じではある。これには白地に紺色が入った博多半巾帯をかるた結びにした。

この着物は柄は面白いのだけれど、合わせる帯が難しく、ペルーのショールから作った二部式帯ばかりを合わせていた。母はえんじ地に唐辛子の柄のすくいの名古屋帯を合わせていたようだ。この帯は今は私の手元にあり、あまり具象的な柄は好きではないけれど、機会があったら締めてみよう。

十一月

十一月×日　天気のいい日が続いているので、ふだんとは違う色の着物を着たくなり、濃いピンク色の紬を着てみる。たしかに顔色はよく見えるのだけれど、これを着て外に出る勇気はまだなし。黄緑色の地にマーガレット柄の半巾帯を合わせてみると、私史上いちばん派手な色合わせになったのだけれど、まあこれも家の中だけのことだし、華やいだほうがいいかもと、帯もかるた結びにした。

さすがに十一月になると寒くなってきたので、着物の上に自分で編んだ和装用カーディガンを着る。何年か前に編み上がっていたのだが、ずっと前に購入していた既製品のニットの上っ張りのほうをつい着てしまうので、着る機会がなかった。このカーディガンは和洋兼用としてデザインされていて、羽織の形がベースになっているようだ。Eテレの手芸番組で放送されたのを観て編んでみた。

裾からではなく手首から目数を増やしながら背中に向かって編み進めるという方法で、別の糸を使うとゲージの計算が面倒くさそうだったので、とりあえずテキストと同じ糸を購入し、デザインでは穴あき模様になっていたのを、穴あき模様が好きではないので、メリヤスの平編みに変えた。サイズどおりだと私には裄が長いのだが、それもよしとして、試作品として編んでみた。

太いモヘア糸の二本取りで、ローゲージで編んでいるので空気をたっぷりと含み、たしかに温かいのだが、家で着るには前が開かないセーターか、上っ張りタイプの既製品のように左右の身頃が重なる打ち合わせがあるほうが着やすい。ただ打ち合わせありにすると指定と同じ太さの糸だとかさばるので、糸がもっと細い方が向いており、ゲージを取り直さなくてはならない。その根性が今の私にあるかが問題である。

十一月×日　明日は久々の着物ランチ会。この前集まったときから、三か月も経っていたのに驚くばかりである。袋帯習得年間なので、締める予定のすくいの袋帯で練習してみる。タートルネックのセーターと、ネル裏付きチノパンツ姿の上から帯を巻いて、帯結びのシミュレーションをした際は、
「まあ、これで何とかいけるか」
といった状態だったが、やはりその長さにうんざりしてきた。ただ今回は帯地が薄めなので重さがない分扱いは楽だった。この年齢になると何であれ重さがネックになってくるのだ。雑誌、インターネット等でいろいろと仕入れた袋帯の結び方を試してみる。

一回目はオーソドックスな方法で、たれ先から対角線の寸法をとってその上に帯枕をのせ、柄の出具合を見ながら、えいっと背中にのせた。うまくいったと鏡を見てみたら、背中のお太鼓部分の上に、本来ならばお太鼓の下に隠れていなくてはならない余分な部分が飛び出している。お太鼓のラインはまっすぐできれいだったのにと、がっかりして、またやりなおした。

三回やってもうまくいかないので、次に帯を胴に巻いて「手」と交差し、背中にびろーんと長く垂れているたれの、交差したところの少し下の胴帯部分、帯の下のラインに

麻の葉模様の大島紬に菱つなぎ文帯（右）と、木綿地のろうけつの名古屋帯（左）

自分史上最大に派手な色合わせの倉渕紬とマーガレット柄半巾帯

たれの寸法を先にとった部分、それらの二か所を仮紐で固定してしまう方法を試してみた。二か所固定すると、長いたれが短くなるので、とても楽そうだったが、いざやってみると、たれを固定したつもりが、あれこれやっているうちに仮紐が動いてたれがゆがんでしまったり、二重になったお太鼓部分を折り上げようとすると、その折り上げた寸法が長くなったり短くなったりして、どうもうまくいかない。

結局、元のオーソドックスなやり方に戻り、帯枕の位置がずれたり、ゆがんだりを繰り返し、めげずにトライした結果、五回目で何とか見苦しくない程度に締めることができた。前柄があるのとお太鼓柄だったので、柄の出し具合のバランスをとるのがとても難しかったが、まあ何度かやれば慣れるだろうと自分に期待した。当日、どうやっても締められない場合の保険として、茶色の名古屋帯も準備しておいた。

十一月×日　着物でランチ会。日中の気温が二十度くらいという予報なので、不精をして先月、単衣に袷用の衿をつけた襦袢を着る。肌着は二十度くらいになるが風が強いという予報だったので、体感温度は低いだろうと汗対策はせず、着るブラジャーと満点裾よけ。その下はヒート+ふぃっとのステテコ。足元は足袋形ハイソックスの上に、ネル裏の足袋を履く。

紬の袷は浅草「中山」の閉店セールで購入したもので、「しらたか織　ぜんまい糸使用」とあり、『山吹』という名前がついている。本当は買う予定はなかったのだけれど、信じられないくらいの超格安、諭吉さんがひと目で何人いるかがわかるくらいのお値段だったので、購入した。

問題の帯結びだが、オーソドックスな方法で何とか三回目に成功した。結ぶ技術というよりも、袋帯に関しては偶然性に大幅に頼っているような気がする。

何とか格好がついたので、大島の着物をフルレングスに仕立て直した、道中着を着ていこうと羽織ったら、あれっ？　となった。いつもよりも丈が長いのである。骨粗鬆症が問題になる年齢でもあり、

「もしかしたら背が縮んだか」

と愕然とした。床に新聞紙を敷き、カレンブロッソの草履を履いて丈を確認すると、かかとの上の部分を覆っていて、私の感覚だといつもより二センチほど長い。しかしひきずるほどではないので、変だなと首をかしげながらも時間がなかったので、そのまま外出した。道中も、とうとう背が縮んだのだろうか、でも二センチなんて相当な縮み具合なのではと不安がよぎる。歩いたり動いたりすると、何かの拍子にコートの裾が草履と足袋の間に入り込み、それをふんづけてのけぞったりして、とても具合が悪かった。

コートには疑問があったが、風はあっても寒くもなく暑くもなくとても快適だった。食事を終えて家に帰って着物を脱いだら、背中の帯が当たる部分に手のひら大の汗じみがあってびっくりする。濡れているという自覚はまったくなかった。もちろん単衣の襦袢も汗になり、いちばん下に着ていたシルクの半袖シャツの上半身も汗がしみている。

着物が地味な分、襦袢で遊ぶのが好き。
アンティークの絽の金魚柄

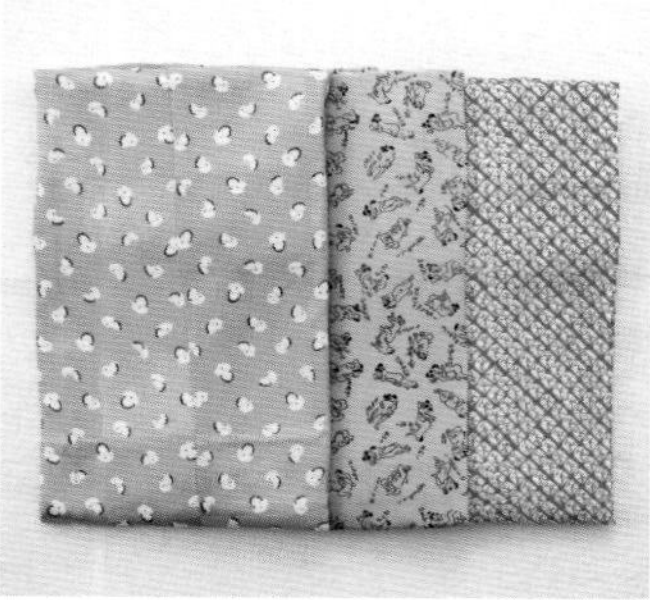

紫織庵製（左）、デッドストックの
男物中着の更紗（右）

背中に防水布が縫い付けてある、満点肌着にすればよかったと深く反省する。

二十度は冬であっても、やっぱり二十度なのだ。冬は汗対策はしなくても大丈夫というのではなく、暖房が効いているので、私のように背中に汗をかく体質なら、一年中汗対策はするべきだと再確認した。家に帰ってコートの丈を測ったら、私が指定した寸法より二センチ長かった。自分の身長が縮んだわけではなかったとわかり、心底ほっとした。


十一月×日　コートの丈を直してもらうために購入店に持っていく。これまでフルレングスの雨コートなど、コート類は何枚も縫ってもらっているのに、どうしてこんなことになるのかわからなかった。念のために同じ和裁工房で仕立てた紋紗のフルレングスのちりよけコートの丈も測ってみたら、やはり二センチちょっと長い。

先方の私のデータが間違っているのではないだろうか。きちんとそのつど寸法をいって確認していたのに、どうしてこうなったのか。そして仕立て上がってきたら、こちらに渡す前に、店のほうで寸法どおりに仕上がっているか、チェックをするべきではないかと話す。店の担当者は平身低頭であやまってくれたので、なぜこういうことになったのか、理由を教えてほしいといって帰ってくる。

その後、知り合いと食事。彼女は私のひとまわり年下なのだが、着物にめざめたというので、私の着物をもらっていただくことになった。大学で美術の勉強をした方なので、彼女の気に入るかどうかは自信がないけれど、着物を着てくれる人が増えるのはとてもうれしい。

彼女に似合いそうな手持ちのものを選んでいると、とてもわくわくしてきた。着物が自分の手元を離れていくのに、どうしてこんなに楽しいのかと不思議な気持ちになった。やっぱり着物を着たいと思ってくれる人が増え、少しでもお手伝いできればいいなというところだろうか。写真ファイルを眺めながら、着物は簡単に選べるのだが、彼女に似合う帯と考えると、意外に難しいことがわかった。

博多献上はともかく、私の場合は、自分の個性を帯で表していたのだなとわかった。個性を着物で表す人もいるけれど、私は帯なのだった。帯も何本か荷物の中に入れたけれど、お友だちに着物スタイリストの方がいるというので、「その方とよく相談して帯を選んでください」とメールをしておいた。

十一月×日　やっと袷を着ても安心できる気温になってきたのがうれしい。結城の袷に染めの半巾帯を締める。この結城は近所への外出のときに名古屋帯を締めたり、家で半巾帯で着ていることが多い。お洒落着というよりも、素朴な働き着という感じの柄なので。着物の下はいつもと同じ衿付筒袖半襦袢である。その下にはババシャツがわりにオーガニックコットンのVネックのTシャツを着ている。七分袖で何度も洗っているので袖の長さが縮み、袖口からのぞかないくらいの適度な長さになっていて具合がいい。ま

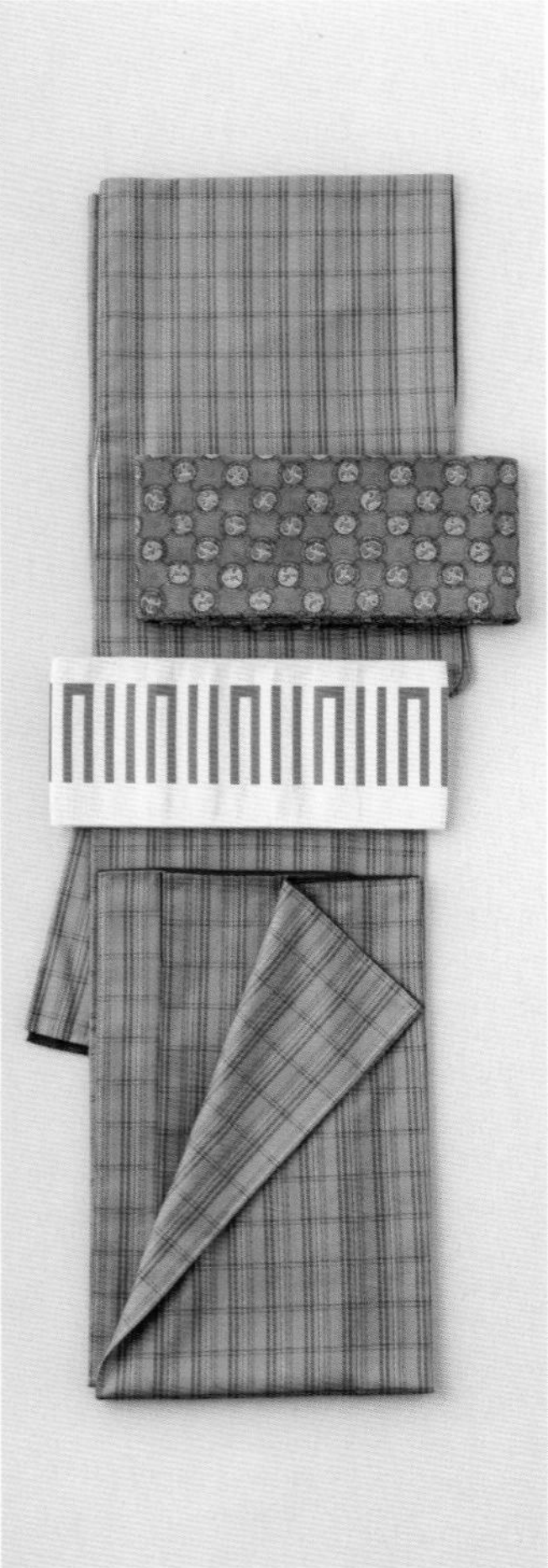

友達のお母様からいただいた、綾織の
黄八丈に半巾帯

ぜんまい糸を使った白鷹織「山吹」に
すくいの袋帯

縮結城に更紗の八掛

あ家で着ているとその上に何かしらの上っ張りを着ているので、わからないのだが。
家にいるときや近所に買い物に行くときは、下に洋服と兼用のＴシャツなども着るけれど、電車に乗ったり、近所でも人と会うときは、どうもその適当具合が気になって落ち着かないので、ヒート＋ふぃっとに着替える。単に気分の問題だが。足袋は以前は家では別珍のものを履いていたが、それを処分してからは、足袋形ハイソックス＋ネル裏足袋の重ね履き、あるいは足袋形ハイソックスの薄手＋厚手の重ね履きで過ごしている。履物は下駄かカレンブロッソ。カレンブロッソに慣れると他の草履が履けなくなるので恐ろしい。雨にも強いので汎用性が高いのだ。履き心地でいうと、真綿が詰めてある草履も同じように履いていて楽なのだけれど、こちらは雨の日には履けないので、その点が辛いところだ。

十一月×日　家で着物で過ごしているときに衿もとが寒いと、スカーフをぐるぐる巻きにしている。今日は先日と同じ結城紬に、花柄を織り出した、ざっくりとした風合いの半巾帯。上には自作のカーディガン、衿にはスカーフといった、見事に昭和のおばちゃんの格好である。私が子供のときには、近所のおばあちゃんが、ウールの着物に上っ張りかかっぽう着を着て、衿もとに明るい色のスカーフなどを巻いていたものだった。
父方の踊りが趣味だった祖母は、亡くなるまでずっと着物だった。私が幼児のときの写真を見ても、一緒に写っている祖母は着物姿だった。

踊りを習っていた人の着物姿というと、華やかなイメージがあるが、今から思えば彼女はとても地味好みで、黒く染めた髪を小さく後ろでお団子にまとめて、深緑や濃紺、焦げ茶の無地っぽい着物ばかりを着ていた。あれはすべて男物の大島ではなかったかと思う。木綿やウールは着ていなかったし、赤っぽい色のものを一切、身につけていなかった。帯も焦げ茶や紺色で、柄もほとんどなかったような記憶がある。

一方、母方の祖母は、エッセイに書いたモモヨであるが、彼女は着物が大好きで実家が裕福だったので、贅沢に過ごしていたらしく、母の話によると趣味もよかったという。しかし母親が物心ついたときからはずっと洋服だったといっていた。晩年は洋服のほうを楽しんでいて、私も着物を着ている姿は見たことがない。

十一月×日　友だちのお母様からいただいた黄八丈に、ニコ段柄の半巾帯をかるた結び。寒いのでこの上に前述の和装用カーディガンを羽織り、首にはスカーフ。台所仕事をする際には、木綿の上っ張りに着替えるのが面倒くさい。やはり羽織が原型のカーディガンは前が開いているのがネックだ。糸も太いのでこの上から上っ張りを着るわけにもいかず、いちいち脱いだり着たりしている。

結局、ニットの上っ張りに着替えて落着。着物用セーターを編もうかと考える。考えてばかりなのが情けない。

十二月

十二月×日　袷を着て動くとちょっと暑い。まだ単衣でもよい季節ということか。まだまだ袷と単衣が混在している。

十二月×日　着物をもらっていただく約束をした知り合いの方が、今月だと受け取る時間がとれるというので、再び着物を選びはじめている。写真ファイルを見ながら、粗選びをし、彼女の顔や雰囲気を思い浮かべながら、これは似合わないかも、こちらは似合いそうと、ふるいにかける。母がよく着ていた華やかな小紋も、もう一度、試しに着てみたけれども、どうやっても私には難しいとわかった。海外で着物を着たいといっていた彼女に、そこでの夜の外出にもぴったりかもと、もらっていただくことにした。

未着用の浴衣、雨コート、小紋にも紬にも使える飛び絞りの帯揚げ、帯締め、草履を含めて、とりあえず着たいと思ったときに、着られる程度の品物を揃えてお送りした。未着用の襦袢も入れようとしたのだけれど、点検したら一度着用していたり、あるにはあったが、彼女にはあまりに色がババくさいものばかりだったので自粛した。

十二月×日　天気がいいので近所の公園に着物で散歩に行く。年末進行と重なって、連日パソコンに向かう日々なのだが、いったん手を止め外に出ると、気分転換になる。多色縞の伊兵衛織に最初は白地に蝶の柄の半巾を締めたのだけれど、柄がかわいらしすぎるような気がして、「かもめ献上」と名付けられていた、えんじ色の博多半巾帯に替えた。

伊兵衛工房が閉鎖になる際、最後に作っていただいた道中着にマフラーをして出かける。伊兵衛織自体が地厚の紬なので、ダブル伊兵衛は暖かくて助かる。

着物姿の年配の二人連れの姿もお見かけした。お二人はそれぞれ、鶯《うぐいす》色、辛子色の地の小柄の小紋に、紺色、深緑色の道行をお召しになっていた。

私の手持ちの小紋のほとんどは、小唄を習いはじめたときに、会のために購入したものなので、万筋や柄の少ない付下などで、ふだんに着るにはちょっとテイストが違うものが多い。私には似合う紬を見つけるよりも、似合う小紋を見つけるほうが難しい。似合うのか似合わないのかよくわからなくなる。

小一時間ほどして帰ったら、寝ていた老ネコが起きてきて怒っていた。いつもは外出するときは、寝ていてもいちおう、○○へ行ってきますと断るのだが、黙って出かけたので怒ったらしい。こうるさい姑のような老ネコである。

十二月×日　新しく出る本の著者インタビューのときに着る着物の準備。モノクロなので色は関係ないのだが、少しは柔らか物に慣れておこうと江戸小紋にする。この着物は浅草「中山」さんに、手持ちの帯揚げを見せて地色を指定し、柄も型紙を取り寄せてもらって誂えたものだ。たたんでいるときにはそれほど感じないのだが、着ると色と柄が鮮やかに浮き立つので、私のお気に入りの着物になっている。

「中山」さんが型紙を貸してくださるところを探して、大量に見本を持ってきてくださ

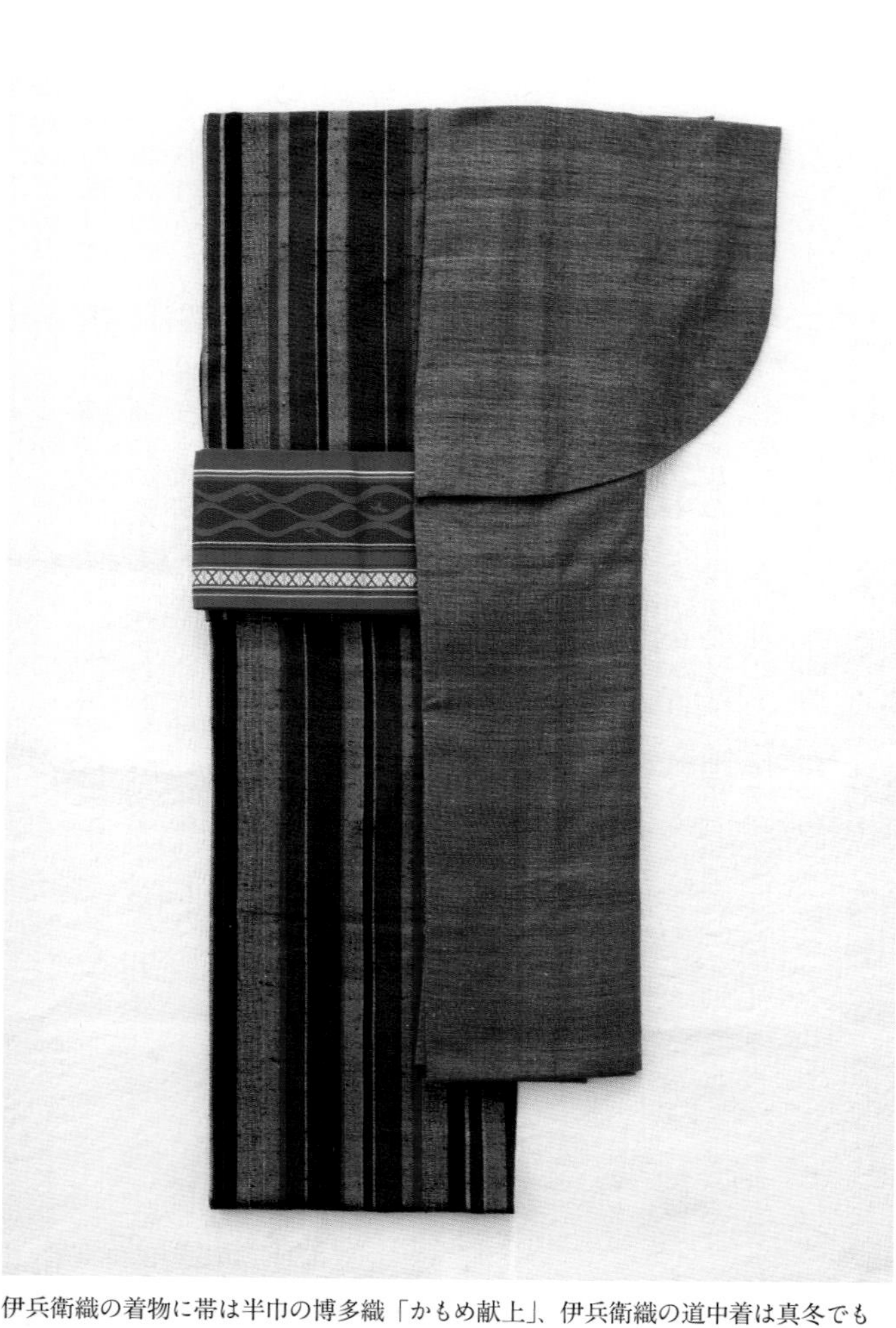

伊兵衛織の着物に帯は半巾の博多織「かもめ献上」、伊兵衛織の道中着は真冬でも暖かい

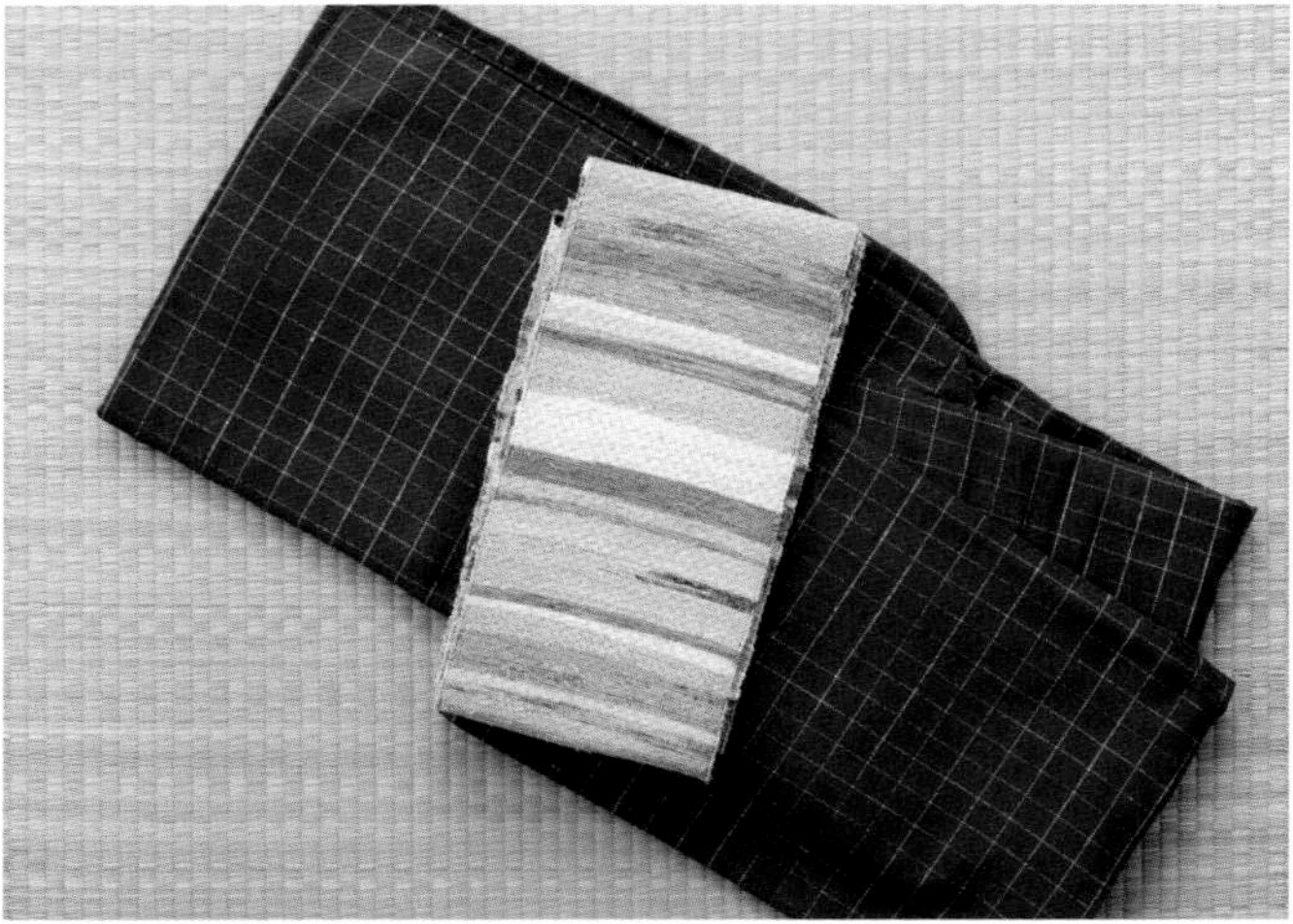

一年の最後に家で着た伊兵衛織に裂き織り半巾帯

縞の伊兵衛織に大胆な柄の洒落袋帯

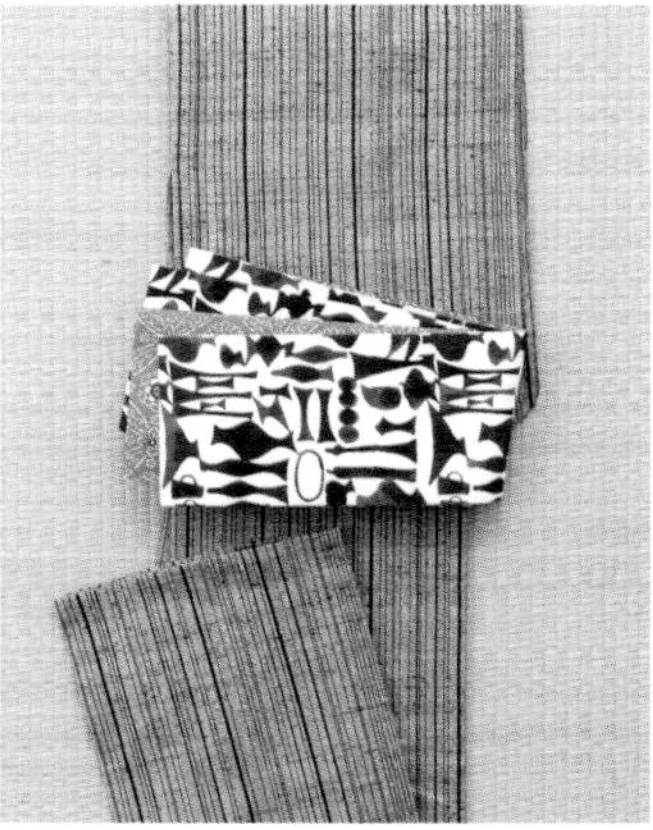

家で着て過ごした伊兵衛織。型染めの「三橋工房」半巾帯

り、そのなかからくだけすぎず、かつ定番ではないものを選んだのだった。そして今日、着物ハンガーにかけてふと見たら、銘と落款《らっかん》が入っていた。私はあまり落款等は気にしないので、六、七年前に誂えてから、何回か着たのに、目をとめていなかったのだった。

そこには「伝統工芸師　廣瀬雄○」とあり、「廣瀬」の落款が押してあった。「廣瀬染工場」の品物だったのかと知り、伝統工芸師のお名前を調べてみると、四代目の方は廣瀬雄一さんとおっしゃるのだが、明らかにその漢字は一ではない。そして彼のブログを読んでいたら、それは「廣瀬雄望」で、廣瀬染工場のブランド作家名だとのこと。誂えの際、私は八掛は同色の無地でいいのではないかと考えていたのだけれど、

「職人さんが、『表がこの柄だったら、裏はあられがいいね』といって、染めてくださったんですよ」

と「中山」さんの奥様が教えてくださったのを覚えている。とってもかっこいい着物になって仕上がってきて、染めてくださった職人さんの細やかな心遣いとセンスに感激した。職人さん、問屋さん、販売をしている呉服店、呉服売り場など、それぞれの分野で知識が豊富な方々は、みな私の着物の先生である。

締める予定の帯は、紫紘のウィリアム・モリスの図案を象《かたど》ったもので、私にしては愛らしい柄だ。柄行きからいって春だとぴったりかもしれないが、写真がモノクロということもあり、なるべく胸元が明るくなるように白地の帯を選んだ。京袋帯なので、長さは名古屋帯と同じだが、胴に巻く部分が袋帯と同じように開き仕立てになっている。

着るときにあたふたしないように、「手」のところから胴に巻く部分を半分に折って用意しておく。襦袢は干支《えと》の柄で、半衿は着物が直線的な柄なので、よろけ縞がふくれ織りになっているものにする。ちょっとしか見えないところだけれど、個人的な楽しみである。着用に必要なものもすべて準備した。

十二月×日　久しぶりにこの小紋を着ながら、そうだ、これは丈が長めだったと思い出した。紬は少ないが、小紋などの柔らか物の場合、指定した寸法よりも丈が長く仕立て上がってくる場合が多い。

店に理由を聞くと、紬などのかた物はそうではないが、柔らか物を紬と同じ寸法で仕立てると、クレームが入ることがあるとか。柔らか物の残り布をたくさん出すと、仕立てた側に対して、ケチられたという印象を持つらしい。柔らか物はたっぷりと寸法があるほうが、満足度が高いのだそうだ。それを聞いたときは、「へええ」と驚き、長いのをたくしあげるより、ささっと着られたほうがいいじゃないかと私は思ったが、そうではない人が多いらしい。女性が紬を着る気持ちと小紋を着る気持ちには、差があるのかもしれない。

着物は問題なく着られたが、帯が大変だった。京袋帯は胴に巻く部分にボリュームが出るので、きっちり締めないと不格好になる。苦戦しながらなんとか締めた。この帯はお太鼓柄なのだが、それをちょうど具合よく柄を出すのにも苦労した。二部式帯にした

左の着物に椿柄の綴名古屋帯
（石田節子選）

紫紘のウィリアム・モリス柄京袋帯

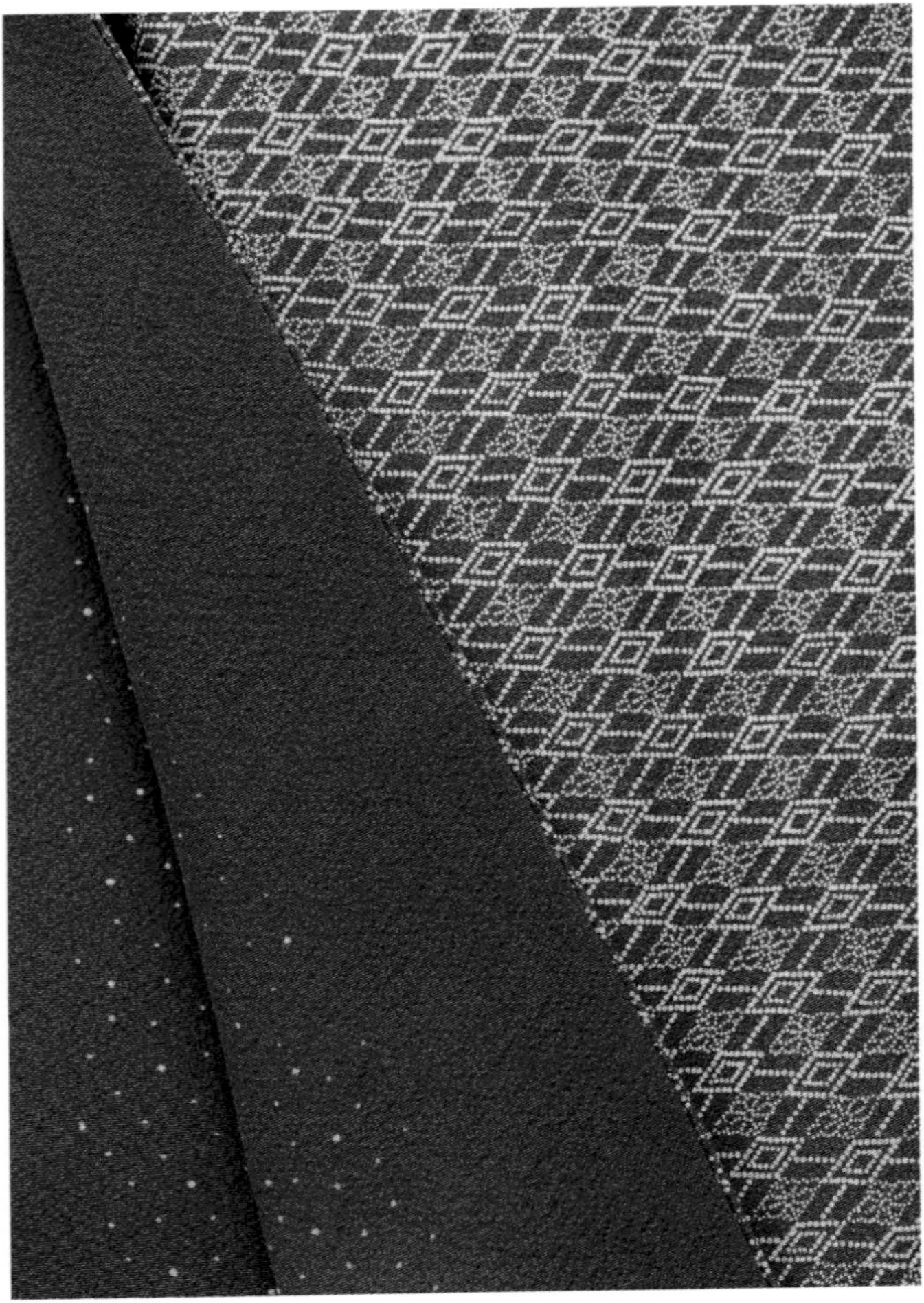

帯揚げの色で地色を指定し、柄も選んだ江戸小紋。「廣瀬染工場」製

らもっと楽に使えるなと考えた。

衿元に自分で編んだ、シルク混のファー風の黒いマフラーを巻き、茄子紺《なすこん》色のコートを着て、新しい草履で出かける。紬だと裾捌《さば》きがさっとする感覚があるが、小紋は体の動きに馴染んでとても快適だった。もちろん静電気が発生する時季には紬、小紋関係なく、裾よけや襦袢の裏に無香料の帯電防止剤はスプレーするけれど。

着物を着ていったら、みなさんが喜んでくださった。うれしいことである。着物の色もこんな色、見たことがないと評判がよく、特に帯がかわいいと褒めていただいた。


十二月×日　干支の柄の襦袢は、そろそろ手入れに出さなくてはならないのだが、それならと今日はそれを着て過ごす。着物はグレーの地に赤や青が細い縞になった伊兵衛織である。帯は雑誌で見て購入した、型染めの半巾帯。着物も帯もややどっしりしているので、ふだんと違って重みを感じる。しかしどういうわけか、このところ比較的、私が家で着物を着るのに寛容になっていた老ネコが、

「わああ、わあああ」

と私の顔を見上げて文句をいう。

「どうしたの？　どこにも行かないよ」

と話しても、やたらと鳴いて不満をぶちまけている。いくら体を撫でて説得しても、「やだあ、やだあ」といっているかのように鳴きながら暴れるので、仕方なく洋服に着

替えると、ぴたっと鳴くのをやめて、自分のベッドの中に入って寝てしまった。気持ちが通じて納得したらしい。

十二月×日　友だちの買い物のお付き合いで、着物で出かける。着物の必要があったわけではないが、寒いけれど天気がよかったので着たくなったのである。

縞の伊兵衛織に洒落袋帯、茄子紺色のコートを着て出かける。雨の可能性があるときは、ネル裏の足袋の上に、「雫」という足袋カバーを履いて行くのだが、晴れていたので、カバーなしで出かけた。

電車に座っていると、母親と幼稚園児くらいの男の子が乗ってきた。母親が座席に座らせようとしても、子供はいやがって座らない。そのうち床の上で足踏みしたりしはじめ、じっとしていない。それはまあ、よくあることである。そのうちサッカーが好きな子らしく、エアサッカーをはじめたのであるが、そのはずみで私の足を蹴った。私は何もいわなかったが、母親はあっと小声で叫んで、がしっと子供を抱え込んで完全にロックしてしまった。私の左足の足袋にはくっきりと蹴られた跡が。外出するときは足袋カバーは必須だったなと深く反省した。いつも持っている替え足袋もバッグに入れるのを忘れていた。

買い物のお付き合いをして帰るだけだったけれど、足袋が汚れているとちょっと気分が沈んだ。しかし、「私の足袋なんて誰も見ていない」という気持ちで用事を済ませて

紫紘の袋帯「古裂蝶」を締めるなら、この本結城にしたい。左は私が「クレヨン」と呼んでいる洛風林の洒落袋帯

新春のランチ会に着ることにした唐草地紋焦げ茶色紬付下と白地印籠柄すくい袋帯

帰ってきた。先方にはまったく悪意がないのに、たまたまそうなってしまうことがある。こちらで予防しなくてはいけない。

十二月×日　来月のランチ会の着物の準備。秋口から仕事がとても立て込んでいて、少しでも時間があるときに準備をしておかないと、直前になってぎゃっとあわてるからである。食事をしてから初詣があり、晴れ着という縛りがあるので頭を抱える。私はねえや、ばあやの着物が好きなので、奥様、お嬢様タイプの着物はほとんど持っていない。

自分の手持ちのなかで、それらしいものと天蚕の無地紬などを出してみたが、いまひとつぴんとこなかったので、秋月洋子さんデザインの、唐草の地紋がある焦げ茶色の紬の付下に決めた。八掛に秋月さんの書で好きな文字が入れられるというので、樋口一葉の和歌を染め抜いてもらった。彼女の流麗な筆致で味わいのある八掛になった。

帯はローズの地に白で牡丹を織りだしたものと、白地の印籠柄のすくいを候補にした。どちらも袋帯である。帯揚げはシルバーグレーにして、帯締めは牡丹のほうは白と牡丹鼠《ねず》のぼかし、印籠柄のほうは赤紫色にする。

新年なので、襦袢は手入れから上がってきれいになったものに袖を通したい。母親からまわってきた、薄ピンクと薄オレンジの中間のような色の、上前に扇柄のスワトー刺繡が入ったものにする。半衿はふくれ織りの雪輪柄をつけた。

十二月×日　今年も今日で終わりになってしまった。あっという間だった。老ネコは私が着物を着るのを許してくれるだろうかと、伊兵衛織のブルーに薄茶の格子の着物に、黄色の裂き織りの半巾帯を締める。それをじっと見ていた老ネコは、

「ぎい」

と不満そうな声を発したが、御飯を食べて寝てしまった。

家での着物生活は老ネコの気分次第である。着物を着ていても何もいわない日もあれば、猛烈に抗議してくる日もある。ソファに一緒に座って体を撫でてやりながら、

「しいちゃんはずっと小さい頃からこの毛皮一枚だけだね」

といったら、また、

「ぎい」

といってにらまれた。一枚だけといったのが気に入らなかったのかと、

「おかあちゃんの着物よりも、しいちゃんの白と黒の毛皮のほうがずっとかっこいいよ。本当にかわいいってみんながいってるよ」

と褒めちぎったら、急にごろごろと喉を鳴らして満足そうだった。

まだ子ネコのとき、帯を締めていると、床からジャンプしてお太鼓の上にとび乗ってくるのを、必死になだめて降ろそうとしたのが、ついこの間のようだ。二〇一九年の三月に二十一歳になるけれど、この着物着用チェックが厳しい老ネコと、これからも折り合いをつけながら着物を着ていきたいと思っている。

向田邦子の着物

着物の精神

向田邦子の言葉で、なぜだろうかとずっと気になっていることがあった。着物についてなのであるが、スタイリストの原由美子との対談で、

「歳をとってくると染めのきものはいやで、織りのきものが欲しくなってくるでしょ」

といっている。(「向田邦子を旅する。」所収　マガジンハウス)

このとき五十一歳である。〝織りのきもの〟といえば、紬《つむぎ》のことであるが、よくいわれる、

「歳をとると染めのきものが着たくなる」

という説とは正反対なので、着物好きの私としてはずっと印象に残っていたのだ。

私自身、若い頃はかたい着物といわれる紬の、きっぱりとしたところが好きで、多少、武張《ぶば》るのも承知で着ていたが、歳をとるにつれて、肩に沿い、体にまとわりつくような染めの着物も、いいものだと感じるようになった。

「きものおめしにならないいんですか?」

という問いに対して向田邦子は、
「昔着たわよ。大島とか」
「すごく好きなの、大島とか結城ね」
と答え、やはり紬が好きだとわかる。また「自分がきものを着ても、あとにゆずる人がいない」「きものは洋服の一種として考える」とも話している。

若い頃からお茶事や日舞の稽古などで、染めの着物を嫌というほど着たというわけではなかったようだし、会社に勤めているときも、水着にお給料をつぎこんだり、帽子作りを習いにいったりと、着物にはそれほど興味がなかったようではある。しかし大島には紬を通していて、結城も好き。なぜ向田邦子は、歳をとってくるといわゆる〝かたい〟織りの着物を着たくなるのか。彼女の言葉は大いなる謎だったのである。

その謎を解くよすがとなる彼女の作品と人物はと考えると、洋服を着るのと同じような感覚で毎日着物を着て、一日中、家族みんなのために働いている昭和のお母さん、ドラマ「寺内貫太郎一家」の里子である。

里子は朝から晩までずっと着物姿である。どういう着物を日常的に着ていたのか、とても興味が出てきた。向田さんご自身の御母様が八十歳近くになられるまで、ずっと着物しかお召しにならなかったようで、そのイメージが里子につながった可能性もある。もちろん演じる加藤治子の好みが反映されるだろうが、脚本家のイメージが無視されるというのはありえない。そこから何かの糸口がつかめるのではないか。放送当時、毎週楽しみにしていたドラマを、三十数年後、あらためてDVDで見てみると、見過ごしていたことがたくさんあって、発見の連続だった。

里子は四十代半ば。『寺内貫太郎一家』（新潮文庫）では、このように紹介されている。

「引っつめ髪に地味な和服で一日中、クルクルと働いている。色白の美人でまだまだお色気も捨てたものではない。やさしくて、よく気がついて、それでいてシンの強い、昔、沢山いた日本の女である」

「実家は官吏。のんびりと恵まれた娘時代を過し、貫太郎とは見合いで結ばれた」

「料理や手仕事はあまり得意でない」

文庫の小説版やシナリオでは細かく着物の描写こそされていないが、着物に関する話題は、今のドラマからは想像できないほど、そこここに登場する。まだまだ身近に着物があった時代だった。

長男周平の友だちが、家に麻雀をしに来た（十四話）。そのなかにお対の着物を着た青年がいて、姑のきんはすかさず袖を触る。昔はそうやって生地の質を調べ、他人の着物を値踏みする人がいた。

「里子さん、見た、今の。すごい結城だねぇ」

ときんはささやく。

「私もどきっとしちゃって。ちょっと今時ないですね」

「疋で五十万は超えてるよ」

もあったのである。

「どういうおうちの子かしら」

二人は彼の素性について興味津々なのだが、浅草の置屋の息子とわかって、

「どうりでいいものを着てると思った」

と納得する。「らしく」ない着物を着ている人に出会うと、あれこれ詮索する楽しみもあったのである。

里子は婚家で着る物に困らないように、実家からそれなりの着物を持って嫁いできたはずだ。ドラマのなかで、

「うちは着る物には贅沢をしてない」

という台詞があるが、どこの家の主婦も、結婚後に値の張る自分の着物を誂《あつら》えるようなことは、ほとんどしなかった。

一九七〇年代、着物を礼装や行事、外出に着る人はいても、毎日を着物で過ごす女性は少なくなっていた。母親が着物で暮らしていても、娘の静江は自分で着物が着られず、友だちの結婚式に、着物地の反物でドレスを縫って出席するのだと、洋裁に精を出している。自分の周囲に着物を縫える人はいないという。

「三日も座っていれば、縫えるんだけどねえ」

里子はため息まじりにそういいつつも、娘に着物を着ろと強制はしないのだ。

全三十九話を見た結果、毎日を着物で過ごす里子が着用した着物類は二一九頁の通りである。ただし、あくまでも私の見た印象であり、布地の正確な種類までは判断できず、

推測であることをお断りしておきたい。盛夏以外は柄行《がらゆき》と見た感じから、ふだんに着ているのは、ウールとおぼしき着物が九枚。地色は生成系が四枚、黒地が二枚、金茶、薄茶、クリーム、といったところである。

他に静江の結婚式のときに、松重ねの刺繡の黒留に、銀一色の亀甲の地紋の袋帯を締めているが、これは話の流れから、貸衣装と思われるのではずした。

割烹着の背中からは、半幅帯を貝の口か矢の字に結んでいるのが見える。里子はこれらの着物や帯を組み合わせて、日々、家事をこなしていたのである。

一年中、半衿は白で、夏場でも浴衣であっても白足袋を必ず履いている。普段着であれば、なるべく洗濯の面倒を省くため、衿や足袋は汚れが目立たない色物にするものだし、着物も白っぽいものではなく、色が濃い目のものを着るような気がする。どちらかというと下町の職人（谷中の石屋）の奥さんというよりも、山の手風の奥さんに近い雰囲気で、印象としては薄い色合いが多いので、労働着という印象の着物姿ではない。ただ演じているのが加藤治子だし、おのずと上品な雰囲気になってしまうのだろうが、白っぽい色合いにしているところで、里子の中年になっても醸し出される初々しさや、くだけすぎない品のよさを表していたのかもしれない。

里子の姿を見ていて気づいたのは、きちんと昼と夜で着る物を区別している点だ。日中は割烹着を着、手ぬぐいを姉さんかぶりにして、ほこりっぽい仕事もこなしているが、夜になると必ず上っ張りに着替えて前掛けをする。朝から晩まで割烹着を着っぱなしというわけではなかった。それは考えてもみなかったので、私には意外だった。夜になれば、寺内家の場合は、突然、とっくみあいの大騒動になったりするものの、いちおうは家族団欒の時間帯である。そのときにはいかにもといった働き着ではなく、落ち着いた気持ちになるような姿に着替えた。日中でも石材店に客があると、里子は割烹着ではなく、上っ張りに着替えてお茶を出している。

姑のきんの体調が悪くなり、往診を頼んだ医者がやってくると、割烹着から茶羽織に着替えて応対した（六話）。その医者が若くてハンサムなものだから、貫太郎は妻の姿を見て、

「洒落るんじゃない」

と怒るのだが、里子は、

「お医者様をお迎えするのだから、当たり前でしょう」

と呆れる。その姿を見ると、割烹着は「昭和の母」の実用的な家事の友であり、エプロンのようにそれで洒落っ気を出すようなものではなかったようだ。きっと当時の主婦は当たり前にしていたことなのかもしれないが、割烹着から失礼のない上っ張りや茶羽織に着替えるという行為の裏には、日常での、他人を少しでも不愉快にさせないという気遣いが見えてとても好ましい。割烹着は日中、それも家内で家事をするときにのみ、身につけるものという暗黙の掟が、当時の主婦の間にはあったのかもしれない。

同じ回で貫太郎が怒りにまかせて、里子とお手伝いのミヨ子を殴ってしまい、罪滅ぼ

しに二人に反物を買って帰るシーンがある。ミヨ子には娘さんらしい明るい朱色のウール。里子にはベージュの地の紬だ。ふらりと男性が町内に出かけていって、ささっと反物が選べるほど、まだ着物が身近にあり、普段着のウールや紬であれば、それほど懐に負担にならない金額で買えたのだ。それでも昭和のお母さんたちは、すり切れる寸前まで着尽くして、その後は上っ張りに仕立て直したり、つましく繰り回していたに違いない。

静江の恋人がやってくるとわかると、里子は家の中で応対するのに、割烹着を脱ぎ、臙脂《えんじ》色の博多の半幅帯から、紗の名古屋帯に締め替える。半幅帯でも問題ないじゃないかと思うのであるが、やはり手間をかけて身支度を整える。こういう姿は、身近な誰かのそうした様子を実際に知っていなければ絶対に表現できない。向田邦子が見ていた御母様の姿なのかもしれない。日常、着物を着ているときに、このような心細やかな気配りがあり、またそれを見過ごすことなく、さりげなく描写してあるのを見ると、無粋な私は、

「奥が深いなあ」

とただただ感心してしまうのみだ。

里子は一筋縄ではいかない姑のきんや、癖のある職人たちに囲まれ、夫からは理不尽にぶっとばされる。現代の妙な基準になっている、損か得かという感覚でいえば、損な役回りのように見える。しかしふだんはそうであっても、自分が事の中心になり、寺内

家の妻、母として人前に出るときには、華やかに美しく変身する。訪問着や黒留などの礼装の着物を見て、あまりの柄の斬新さに驚かされた。

どれも色数は使っていないが、シンプルで斬新な東京風の好みになっている。これらの着物を見ると、里子の実家はそれなりに裕福な家で、趣味もなかなかのものだとわかる。

着物には柄の格があるが、里子の普段着も、ウールであっても亀甲、七宝といった、おめでたい柄が多い。商売をしているということもあり、単純な絣《かすり》模様よりも格のある柄のほうが、客に対して失礼がないという、配慮だったのだろうか。彼女の着物は、働き着ながらどこか女らしいところがある。特に縹《はなだ》色地に白の柄の浴衣がとてもよかった。縹色は藍色よりも色が柔らかいので、紺地に白の柄のものよりも、きつい感じがしない。きっぱりしすぎないのだ。

また紫という色がとても便利に使われていて参考になった。小料理屋「霧雨」の女将、お涼の身につける紫色は、どれも青みがかっていてクールな印象だが、それに比べて里子の着る紫色はすべて赤みがかっていて暖かみがあり、素人にもなじむ色である。里子は法事のとき、黒紋付の羽織以外は、すべて紫の濃淡で統一している。薄紫色の江戸小紋に赤紫色の帯。帯締めは着物と同じ色合いである。紫は祝儀にも不祝儀にも着られる便利な色だと聞いてはいたが、法事の装いながらとても女性らしく品のいい雰囲気が漂っていた。

手軽に買えるウールの着物、法事から普段着まで使えて便利な赤紫系の無地の帯など、昭和のお母さんはなるべく家計に響かないように、少ない枚数で頭を使って組み合わせて、自分の着る物を楽しんでいた。

そんな里子がいちばんテンションが上がるのが、娘の静江に着物を着るチャンスが訪れるときだ。子持ちの恋人との結婚が決まり、ご近所への挨拶まわりをするとなったとき、当の静江は、

「着物が似合わないから」

と及び腰なのに、このときばかりは、

「洋服じゃだめ」

とつづらや長持の中から、季節に見合った、里子やきんの単衣の着物を取り出し、強制的に娘の肩に着物をかけてやる（三十七話）。きんは、

「タンスの中にいいものをたくさん持っているんだから」

と里子にいわれるほど、実は趣味がとてもいいのである。

「古いものだけど、物はいいから」

里子はピンク地に唐草模様の御召や、水色に絞りの花が飛んでいる綸子《りんず》の単衣を着せては、静江の肩越しに鏡をのぞきこむ。とまどっている主役の静江より里子やきんのほうが、ああだこうだと楽しんでいる。

「性《しょう》が抜けてるんじゃないかしら」

といいながら、二人はぐいぐいと帯締めを引っ張って確かめ、

「大丈夫」

ときんがうなずく。「性が抜ける」という言葉も最近は聞かなくなってしまった。

町内の祭りのために、お揃いの浴衣の反物が配られると、家族はもちろん、お手伝いのミヨ子、職人たちの分まで里子が縫う（二十話）。その町内の浴衣の柄というのが、よくみかける吉原繫ぎなどではなく、白地に藍で斜めに配された網代《あじろ》格子の地のところどころに、白と藍の藤の花がのせられたとても洒落た柄なのだ。

里子は、娘や息子が着物を着てくれると、自然に心が浮き立つ。息子の周平のために、高級な浴衣の反物を前にして、生地を裁とうとすると、横にいたきんが、

「尺、どのくらい？」

とたずねる。四尺とちょっと、と聞いて、

「そんなに大きくなったのか」

ときんはうなずく。着物は肩から足元までを覆うため、着丈の長さを聞けば、よっぽど顔がでかいとか、首の長い短いがない限り、着る人の身長がわかるのである。

きんの夫が他の女性に生ませた貫次郎に、形見分けとして夫の着物を渡そうと、きんがいい出す（三十二話）。それも仰々しくするのではなく、貫次郎一家の晩ご飯におよばれした御礼に、持参するさりげなさだ。着道楽だったという舅の残した数々の着物を見た里子は、そのなかの大島に目をとめて欲しがるのだが、きんに却下されて残念がる。

二人が形見の着物を持って貫次郎宅を訪れると、受け取った彼は、着物に鼻をつけて、

「おやじの匂いがする」

とつぶやいた。今は人の体臭が嫌われ、洋服に匂い消しの液体を噴霧するようだが、かつてはそうではなかった。着物は代々受け継がれ、ただの衣類ではなく、着ていた人々の気持ちや思い出、匂いも一緒に受け継いでいくものだったのだ。

「寺内貫太郎一家」を全編通して見ると、結城や大島は皆が関心を持つ着物であること、着物は男性、女性関係なく、手渡されていくものであったとわかる。普段着であっても、そこには身内や他人への気配りがあった。それは向田邦子が自分が育った家庭のなかで、見知った事柄であろうし、それを大切に感じているのもよくわかった。しかし向田邦子本人の着物生活はどうだったのか。

「向田邦子を旅する。」のなかに、絞りの羽織を着た小さな写真が載っているが、きちんと着物を着ているわけではなく、旅先の室内での姿のようにみえる。

たしかに織りの着物のほうが、染めの着物よりお似合いのような気はするがと思いつつ、「歳をとってくると……」の発言の真意をさぐっていると、思いがけず妹の和子さんのご厚意で、遺された着物を見せていただくことができた。

「姉が着物を着ているのを、見た記憶はないんです。大島を着たという話も、実家にいるときに母のを借りたのかもしれません。姉のものはこの三枚のみです」

和子さんの手元に残っているのは、霞町に住んでいるときに購入したと思われる、べ

ージュ地に抹茶色の、六センチ角ほどの四筋《よすじ》格子のウールアンサンブル。黒地にモスグリーンの細縞のウール。出来合いの棒衿のもので、サッカー地のような質感の、三ミリほどのグレーと白の縞。霞町に住んでいたのは三十五歳から四十一歳の間である。いわゆる女性らしい色合いや柄は見事に排除して着物を洋服の一種として考えるという好みが反映されている。どれもクリーニングが可能な実用的な着物だ。三枚とも何度か着用した跡があったが帯はない。

「付け帯で着たんだと思います。霞町に住んでいるときは、まだ仕事も忙しくなかったので、着物でも着ようかって考えたのかもしれませんね」

和子さんは会社の帰りに霞町のマンションに寄り、食事をご馳走してもらったり、ボウリングをしたりして頻繁に会っている。それなのにふだんの着物姿を見てはいない。

「着物で集まるような会でもあったのではないでしょうか。そのために誂えたような気がしますけど」

たしかにウールのアンサンブルは、仲間内のちょっとした集まりには着ていける。ただ好きな大島や結城でも誂えられたのではと、首をかしげた。

若い頃から洋裁や編み物をしていらしたので、やはり着物よりも洋服のほうが興味がおありだったのでしょうかとたずねると、和子さんは、

「いいえ、着物を見るのは大好きだったんですよ」

と首を横に振った。

「食事をする前に十五分でも時間があると、着物の売り場に行って、値段も見ないで『これ、お母さんにいいわね』って、江戸小紋を見たりしてました。そうかと思うと、反物や着物が展示してあるのをみて、『どれがいちばん高いと思う?』と値段の予想をしたり。私がいったものが当たっていると、『うん、なかなかよろしい』なんていってました」

知り合いに着物を手放したいという人がいると、仲介役になって和子さんに話を持ってきた。お茶のお稽古をしていた和子さんは、着物を着る機会もあったからだ。

「手放す方も、ただ差し上げるとなると相手の負担になるので、ある程度枚数がまとまっていて、いくらという値段がついているわけです。そういうときに間に入った姉ははりきって、『これだけのいい着物が揃っていて、一枚分にもならないんだから、とにかく買っておきなさい』って、一生懸命、勧めるんです。私もいろいろとご馳走してもらったし、そうだなと思って買わせていただきました。買った後も、『この着物にはこういう帯がいい。帯揚げはこうで、帯締めは道明《どうみょう》じゃないと……』って、自分は着ないのに情報はたくさん持っていて、指示は多いんですよ。姉は私が着物を着たのを見て、『今日はいいよ』なんて褒めてくれました」

ある日、和子さんは、

「私が歳をとったら着るから、それまでに着やすくしておいて」

と紬の着物と羽織のお対を手渡された。紫蘇染めの赤紫色で、ところどころに節があるざっくりとした平織になっている。柄はないけれど、何ともいえないいい色合いで、赤紫色を選んでいるのが、里子の着物とのつながりが見えて、うれしかった。友人が使いこんで書きやすくなった万年筆を、ちょうだいといって持っていったという向田さんのエッセイを思い出し、着物もそうだったのかとほほえましくもなった。

一九六八年にはじめてタイに旅行をしたとき、おみやげとして御母様にタイシルクを二枚、買って帰っている。

「そのときもね、母は付け帯を持っていなかったものですから、姉が主導権を握って、『付け帯のほうがいいからそうしなさい』って勧めて、そのように仕立てたんです。この帯は母がとても気に入って、大島によく締めていました」

タイシルクで仕立てた名古屋帯の付け帯と、羽織と付け帯のセットを見て、あまりの趣味のよさに、私はわあっと声を出してしまった。御母様が気に入っていらした名古屋帯は、生成と若草と薄グレーの二センチほどの格子。羽織と帯は焦げ茶の地に生成、黄土色、ブルー、赤、グリーンがランダムな横縞、縦には太く紫の縞が入った大格子で、タイシルクにしては地厚な紬のような風合いだ。家にある本を調べると、『向田邦子の遺言』（文春文庫）の一〇四ページに載っている、御母様とお二人が並んでいる写真でお召しになっているもののようだ。他に御母様にプレゼントしたものは、遠目には藍色の無地の紬に見えるけれど、近付いてみると黒からコバルトブルーまで、何色もの濃淡の糸で織られている手の込んだものだったり、紺地に、白地に花弁が赤のかわいい梅と、細くて小さな井桁《いげた》が飛んでいるこちらも手の込んだ職人技の紬など、どこか洒落ていて、品があってかわいらしいのだ。

「姉は母に、一般的な家で着るような普段着は買ってあげていなかったです。どちらかというと帯を替えればお出かけできる、そういう着物を選んでいました」

こちらも里子の着物と同じだと深く納得した。染めの着物ではなく、織りのカジュアルな着物ながら一定の品があるもの。普段着だからじゃんじゃん洗えて、汚れてもいい手頃な木綿ではなく、ある程度のよいものをふだんに着る。家で仕事をするための普段着にも良質の物を身につけていた向田さんご自身に通じる。

昭和の感覚では、着物には「らしさ」を求められていたと思う。娘さん、奥さん、お祖母さん、素人、玄人。しかし向田邦子は違っていた。ご自身の遺した三枚の着物は、「きものは洋服の一種として考える」という発言を裏付ける、そのままスーツにしてもいい。いいような柄で、一九六四年にすでにそういう視点で着物を選んでいた向田邦子はすごい。今でこそ着物と帯の伝統的な合わせ方ではなく、洋服風のコーディネートをするようになったが、当時は着物に対して、そのような感覚を持っていた人はとても少なかったはずだ。また御母様や和子さんに渡した着物を拝見して、自分のことよりも、周囲の人々を優先的に、大切にされる方なのだなともわかった。ご自分の着物よりも、御母様や和子さんの着物のほうが、明らかに上等な品物だったから。あれだけの物を見る眼がある方なのだから、それなりの着物が欲しいとなったら、いくらでも誂えられたはずなのだ。

ご自身は頻繁に着物を着ていたわけではないのに、大島、特に結城を買って、体になじまない状態で着るのは格好悪いと知っていた。格好悪いとは思いながら、着て外に出たい欲のほうが勝ってしまう私は、ただただ赤面するしかない。そして親から子へ、人から人へと受け継がれる着物という衣類が、人の思いがこめられていて、どれだけ素晴らしいものかという精神的な部分も、十分、ご存じだった。静江が母や祖母の着物に手を通し、愛人の子の貫次郎が父の着物に涙し、そしてその一方で娘の結婚式であっても、着物を新調するのではなく、身の丈に合った貸衣装で済ますという合理性も。すべて「寺内貫太郎一家」に凝縮されている。

「七十歳、八十歳になったときに、着物を自由に着たかったんじゃないかしら。着心地のいい織りの着物を着たいと思っていたと思います」

和子さんに渡した、ざっくりした赤紫色の紬。御母様の手持ちの紬のうち、何枚かが向田さんの手に渡るはずだったかもしれない。ほどよくこなれて着やすくなった袖に、よしよしとうなずきながら喜んで手を通したことだろう。

私はまず向田邦子の発言を根本的に誤解していた。たしかにかたい着物ではあったが、「着尽くして肩に沿うまでになった、こなれた紬」という意味だったのだ。着物が好きだといいながら、私には全くそのイメージがわかず、しゃっきりとした、縫い上がったばかりの大島や結城しか頭に浮かばなかった。それは自分がそんな経験をしていないからである。私は五十代半ばになっても、「着物の精神」がわかっていないと思い知らされた。仕立ておろしの結城を着て外出し、うれしがっていた、見栄のほうが勝った自分が恥ずかしい。今さらこんなことをいってもしょうがないけれども、もしもご存命だったら、着物好きの人々のとてもよいお手本になって下さっていたのは間違いない。私たちが今見られるのは、お洒落な洋服姿だけだから。

そして和子さんに託された紬があると知ったとき、御本人がそれに手を通せなかったことを思うと、何とも残念な気持ちをぬぐいきれないのである。

「寺内貫太郎一家」全39話　里子が着用した着物類（群ようこ調べ）

普段着

●生成地○七宝のなかに、ブルーと茶でところどころ色づけされた四角い絣模様が、二つずつ上下に並んでいる。○ブルーの濃淡で、サイコロの五の目のように四角い絣が並んでいる柄と、蝶々の柄が、六センチほどの大きさで交互に並んでいる。○細いグレーの線で亀甲が四つくっつけられて菱形になり、それが全体に並んでいる。○グレーの太い線の大きな亀甲柄。

●黒地○臙脂の太めのよろけ縞。○ろうけつ風に花と枝。

●金茶地　白抜きで柄が染められ、その上に赤と紫色で絞り風の小花が散っている。

●薄茶地　白抜きの柄の上のところどころに、赤の縞がのせてある。

●クリーム地　薄グレーの濃淡で、大きな四枚の花びらが染められている。中央は赤でそのまわりが黄色のぼかし。家の中だけではなく、帯を替えてちょっとしたおでかけにも着用。

紬類の単衣

○ペパーミントグリーンの濃淡の麻の葉柄。

袷

○濃いめのベージュの大島。茶色で更紗風の柄。○薄いグレーの大島。花と斜めの十字柄が交互に並んでいる。○グレーがかった薄紫の地色に、ところどころに黒で縦に細い線が入った、無地感覚の大島。

おでかけ

○水色の濃淡で亀甲の柄の小紋。

ご近所への挨拶まわり

○小豆色の江戸小紋。

夏物

○生成に薄いグレーの絣柄のポーラー（サマーウール）。○白地に琉球風の絣のポーラー。○コーマ地浴衣。縹色の地に白で桔梗、撫子などの秋草花。○コーマ地浴衣。白地に藍色で大胆にマコモを描いたもの。○藍の地にろうけつ風の梅と枝。○コーマ地浴衣。白地に藍色の町内お揃いのお祭り用。○白地にブルーの細かい亀甲の中に小花柄の小紋。

他に、

○暗褐色の羽織下。○紬、木綿の上っ張り四枚。○派手な銘仙の寝巻用の羽織物。黒繻子の衿つき（若い頃の着物の仕立て直しと思われる）。○前掛け二枚。紫の矢羽根柄と紺地に白絣。○ピンクと薄藤色の中間色の茶羽織。○裾にフリルのついた白いエプロン。○白地に藍色の大きな竜田川模様の寝巻。

礼装

○袷の黒留。嫁入り道具と思われる、大きな松の中に金一色でたくさんの扇面の刺繍。○夏物の絽の黒留。褄下の高い位置から斜めに、白と薄水色の太い縞が交差。○薄い小豆色のぼかし訪問着。褄下から裾にかけて斜めに匹田柄が走り、そこに切りばめ風に濃い小豆色が三角形に配してある。後ろ身頃の裾には濃い小豆色の四角の中に絞り。○薄紫色の江戸小紋。

帯　普段着に締めているのはみな半幅帯

○紺地に献上柄ではない博多織。○臙脂地の中央に紺と辛子色の太い縞。○濃い紫にグレーの縞。○紫に白の縞。○黒地に更紗風のオレンジやグリーンの花柄の染帯。○臙脂地の献上柄。○白地に遠山柄。○濃い赤紫。○ピンクがかった紫の無地綴。○くすんだピンクの繁菱柄の紗。

袋帯

○袷と夏物の留袖用。銀地のものが一本ずつ。○濃い小豆色。訪問着に合わせて別誂えした可能性あり。

○コートは紫色の道行。

○紋付き黒羽織。

「おばあさん道」指南

若者であっても自分の老後について考えることはあるけれど、中年になって考える老後は切実である。よりシビアに想像せざるをえない。自分の体がこんなに思い通りにならなくなるとは思いもよらなかったし、金銭的にも何があっても十分だと胸を張れる人は限られるだろう。

私の場合は二十代、三十代の頃から、早く「ばあさん」になりたくて仕方がなかった。若い娘でいることは面倒くさかったし、おばさんは世の中で好かれてないようだったからである。好きな男性には好かれず、珍しく好意を持たれても、とうてい好きになれないタイプの男性で、電車に乗れば痴漢に遭い、近所の考え方の古いおばさんたちには、「いつになったら結婚するのか。女の幸せは結婚して子供を生むことだ」

と親にもいわれないような説教をされる。ヘアスタイルを変えたり、ふだんとは違う服装をすると、ああだこうだと異性関係をつっこまれる。そういう反応をされて、うれしがる女性もいるが、私は何度、

（うるさいんだよ）

と腹の中で毒づいたか数知れない。早くばあさんになって、世の中の諸般の面倒くさい事柄から解き放たれ、のんびりと自分のやりたいように暮らしたいと考えていた。

それから二十年以上が経過し、おばあさんとよばれる年齢になって、老後は甘くないとはじめてわかった。もろもろの問題について、

「大丈夫か」

と自問したくなってくる。昔よりは平均寿命が延びたとはいえ、健康で暮らせる期間が長くなったという保障はない。不具合が起きる可能性がある年月が延びただけの話であって、これはなかなか手強い。でもこれもまた自然の摂理で、そうでないほうがおかしい。歳をとっても変化が起きない人間のほうが、不気味だ。

私の場合は早くおばあさんになりたいので、その過渡期だと思えば、楽しめる部分も多い。中途半端な白髪も、銀髪になる途中と思えば、染めて隠す気にもならないし、以前に比べて筋力が落ちていても、自分なりに無理せずに、のんびりやればいいと考えるし、記憶があやしくなっても、覚えている必要もないことは、頭の中から出ていってもいいのだと考えるようになった。覚えている必要があることも忘れるようになったら、他人様のお世話になるしかないのだが、まあ、将来について深刻に悩んでも仕方がないので、日々、自分がやるべきことを、無理せずにやるしかないのだ。

つい何年か前までは、私の理想のばあさんは、長谷川町子が描いた「いじわるばあさ

ん」だった。人間に対しては意地悪だったり、厳しかったりするのに、動物にはやさしいというのが素晴らしい。枯れてひっそりとした穏やかなおばあさんがいいなと憧れた時期もあったが、それは自分の性格からいってありえないと悟ってからは、こちらの路線に変更した。

「寺内貫太郎一家」のおばあさん「きん」もずっと気にはなっていたが、ドラマを見ていた当時は、面白いし好きだけど、憧れではなかった。西城秀樹が演じていた、孫の周平と自分の年齢がほとんど同じだったので、

「ああいうばあさんが、家にいたら大変だ」

という思いのほうが強かった。しかし五十代の半ばになって、あらためてＤＶＤを見直すと、「寺内きん」のかっこいいこと。まさに「パンク」なばあさんで、私の憧れの人になってしまったのである。

最初は寺内貫太郎の嫁・里子の着物姿を、これからの着物生活に少しでも参考になればと、楽しみに見ていた。たしかに里子の着物揃えはぬかりなく、いざというときには、妻として母として女性として、どの場においても着映えがする。里子役の加藤治子も美しく品がよくて、とても感じはいいけれど、インパクトには欠ける。しかし姑のきんの着物姿は、よく見ると一筋縄ではいかない、インパクトの塊で、ただ品がいいだけでは満足できない私は、きんの姿を凝視し続けた。

きんのモデルは、

「私の中にあるさまざまな『おばあさんコンプレックス（複合体）』である」
と向田邦子は『夜中の薔薇』の中の「寺内貫太郎の母」で書いている。父方の向田家の祖母の名前も「きん」である。長身の美しい人で、嫡出ではない子（向田邦子の父）を生み、周囲の人々の顰蹙の目のなかで、母親と息子の面倒を見、もう一人男児をもうけて、別の男性と恋愛沙汰を起こしたりした。老境に入ってからは、自分の行動について は居直ったしたたかさと同時に、愚痴をこぼさない固さを持っていたという。

母方の祖母は裕福な商家に生まれ、嫁ぎ先も羽振りがよかったが、夫の人のよさにつけこまれて人の借金を背負い、苦労をしたようだ。

「私はこの人ほど『口の悪い女』に逢ったことがない。人の悪口を言う天才なのである。一瞬のうちに相手の弱点を見抜き、しかも相手が一番嫌がるボキャブラリーを駆使してズバリと言ってのける。見ている分には小気味がいいのだが、言われる相手はたまったものではない」

勘が鋭くて料理上手。毒舌を貧乏暮らしをはね返すエネルギーにしていたという。

向田邦子はあるとき、ホテルでアメリカ人のおばあさんばかりの観光客の姿を見かけた。食事をしようとしていた彼女たちは化粧も濃く装いも派手。オーダーもうるさく、ノーの単語が多い。自分の意思を貫く姿勢に、半ばうんざり半ば感心したと向田邦子は書いている。国内外で、奉仕活動をしていたり、教会に集まっていたりする、おばあさんたちを見てきたが、向田邦子が心を惹かれたのは、そのような清く正しく、家族の邪魔にならないようにと、枯れてひっそりと生きているようなおばあさんではなかった。

「私はやっぱり、ホテルのダイニングで、給仕に嚙みついていたアメリカおばあさんの陽性と、たくましい自己主張が羨しかった」

これらの意志の強いおばあさんたちが合体して「寺内きん」になっているのだから、それはもう天下無敵といっていいだろう。

ドラマの設定では、きんは明治三十七年（一九〇四年）生まれの七十歳。新潟県出身で高等小学校を卒業後、「寺内石材店」に奉公し、先代と結婚した。奉公人が跡取りと結婚する形になったので、姑からはいじめられ、辛い半生を送った。しかし今は日々、気にくわない事柄に対しては、ぶつぶつと文句をいい、孫の周平をからかい、お手伝いのミヨ子とも対等に殴り合う。沢田研二が微笑む大きなポスターの前で、一日一度、「ジュリー」と叫びながら身をよじらないと、お通じが悪く、趣味はいやがらせといたずら。特技は琵琶と人の悪口。

ドラマの中でも、何度も、

「きったねえなあ」

と周平から嫌がられ、貫太郎からは、

「みんなと一緒に暮そうと思ったら、えっ？　もうちょっと小ザッパリして嫌われないようにしなきゃダメだよ！」

と叱られる。食事中に、そんなに嚙んでると、口の中でごはんがウンコになっちまうとか、御飯の中に鼠のフンが入っているかと思ったら黒い米だったなどといったり、くしゃみをして御飯をちゃぶ台にぶちまけたり、煮物を食卓に落とすと、それを箸で追いかけまわして突き刺して食べる。

美人の里子や静江、かわいいミヨ子から比べると、男でもなく女でもなさそうな、気難しい生物のきんだが、小説版ではこのように書いてある。

「お洒落なくせに、わざと汚ない『なり』をする」

これだけ個性が強烈なおばあさんなのだから、どんななりをしていてもいいではないかと思うのだが、そこに「お洒落」という部分がつけくわえられているのが、向田邦子らしい。それもこれみよがしに派手な柄を着るわけでもなく、一見、汚くみえるが、見る人が見るとわかるというお洒落をしているところに、向田邦子の「寺内きん」に対する愛情が見てとれる。

寺内きんという存在を設定するとき、見るからに派手な若作りの洋服を着せてもいいはずなのに、灰色の塊のような姿にさせたのは、脚本、演出、俳優の三人のセンスの賜物だろう。下町の石材店のおかみさんならば、三味線でもいいのに、きんの特技が琵琶なのは、きんを演じた樹木希林（当時は悠木千帆）の父が琵琶奏者なのも関係しているのではないか。また一連のきんの姿を見ていると、樹木希林の趣味が大きく関わっているような気がするのだ。

きんは、お洒落といっても、毎日、着飾っているわけではない。ふだんはいつ見てもだいたい同じ格好をしている。里子の清潔な白の割烹着とは対照的に、汚れが目立たない青灰色の割烹着が定番である。地味な色の着物や、着物の仕立て直しとおぼしき上っ張りをその下に着て、もんぺ姿だ。首にレースの襟巻き。ときによってはそれがシフォンのスカーフになっている。その柄が明るいグリーンと黄緑の葉っぱのなかに、ピンクの大輪の花が咲いていたりして、ただならぬ趣味を感じさせる。

半衿はグレーで、足元もグレーのタビックス。暖かくなると薄紫色のレース地、冬場はグレーのちゃんちゃんこを割烹着の下に重ね着する。このパターンは一年中同じである。背を丸めてうろうろする姿は、ただの灰色の塊だが、何かの拍子に着ている衣類がアップになると、さまざまな発見があった。冬場に着ているグレーのちゃんちゃんこの裾まわりには、青、黄、赤、茶、オレンジ、水色などの鮮やかな色の横縞が入っていて、はやりの北欧風のデザインのようにも見える。

「一朝事あるときのいたずらとけんかに便利なせいらしい」

と向田邦子が書いている、指先がない手袋は、一年中、欠かせないアイテムだ。

夏場は浴衣の上に、薄紫色のレースのちゃんちゃんこ。ぶかっとしたもんぺを穿き、薄い青灰色の丈長の割烹着を着ている。素材がちゃんと麻に変わっているところが侮れない。必需品の手袋も、スカーフや着物の色が変わると、そのときどきで微妙ないい色合い、素材にコーディネートされている。もんぺを脱いだ着物姿での格闘のときに前がはだけると、灰色の姿からは想像できない、派手な花柄の赤い裾除けが下からのぞく。

寝るときに着ていた襦袢は朱赤で、背中には太い竹が斜めに一本染め抜かれ、笹の葉が絞りになっている。

「おきんちゃん、やるねえ」

と声をかけたくなる。着物のかっこよさを再認識させてくれるのが、きんであり、それを演じていた樹木希林なのだ。

ある日の早朝、きんは心臓の激痛に襲われ、寝床から起きあがれなくなった（十七話）。家族一同、寝巻姿のまま、きんの部屋に集まり、必死に声をかけて励ます。救急車を呼ぼうとしても、きんは、

「ピーポピーポと、人をばかにしたようにやってくるからいやだ」

と駄々をこねて抵抗する。自分の最期と察したきんは位牌を胸に抱き、里子に、

「着物、全部着てちょうだい。気持ち悪くなければねえ……」

と虫の息で話し、里子は涙にくれるのであるが、結局、慣れないコーヒーの飲み過ぎとわかり、着物を里子に譲る話は立ち消えになる。

里子は常々、

「タンスの中にいいものをたくさん持っているんだから」

ときんをうらやましがり、虫干しのためにつづらから次々に取り出される、舅の着物を見ては、これだけのものを着ていたのだから、本当に着道楽だという。里子が特に目を奪われた大島は、昭和十二年ごろに三十五円したと聞いて、

「今だったら、三十万は間違いないわねえ」

とため息をつく。きんの夫の相撲見物の友だちのなかに御徒町の呉服屋の倅がいて、盆暮れの支払いが大変だったときんがいう。きんは結婚後、夫とのバランスがとれるように、洒落た物を誂えたのだろう。他のつづらからは、彼がかぶっていたカンカン帽や背広が出てくる。

「お父さんがそのなりで、あたしは着物をしゃっきりときて、二人で上野公園を歩いていると、『石貫の嫁は色っぽい』なんていわれたもんだよ」

きんは自慢する。当時の髪型は「耳隠し」だったというのも、時代を感じさせる。なかに貫太郎がまだ子供のときの、夏場の回想シーンがある。若かりしころのきんを、樹木希林が素の三十一歳で演じているわけだが、それがとっても若いのに驚く。あんなに肌がつるつるな人が、あのきんを演じているなんて、想像もつかない。若いきんは、大胆な縞柄の着物に薄手の名古屋帯。裾にフリルのついたエプロンをしている。足元は裸足だ。襟元もゆったりとあわせていて、同じ石材店の嫁であっても、着物の着方が対照的で、二人の個性の違いがよくわかる。

ふだんはもんぺに丈長の割烹着姿のきんだが、外出着、礼装となると、色合いは地味ながら、趣味のよさが光る。法事のときの着物は、遠目にはこげ茶の無地に見えるが、実は細い縞柄で、半衿は濃いグレー。海老茶色の帯に、紋付き黒羽織姿である。外からは見えない伊達締めが、生成色に茶とさび朱の縞というのもお洒落だ。だいたい着物でも羽織でも、遠目には無地に見えるが、アップになると細い縞だったり、細かい立て枠柄だったり、小花散らしの柄があったりで、目立つ柄は着ないし、特別に帯締めも目立たせない。しかし光の具合で、凝った地紋が浮き立ち、帯締めとの組み合わせの微妙な色のコントラストがわかる。そしてどの柄も平凡ではなく、ひと味違う洒落た柄ばかりで、

「すごいっ」

とうなるしかない。『杉浦日向子のぶらり江戸学』によると、江戸の着物の趣味は、一に「無地」、二に「縞」、三は「小紋」だという。色合いは「雀」で、雀の羽根に含まれている、茶、黒、白などの色が江戸好みだったという。まさしくきんの好みはそれだった。

きんはもちろん自分で着物を着る。着付けの本のなかには、帯を締めるときは、丈が長いので自分のほうが回って、帯を胴に巻くようにと書いてあるものがあるが、きんはそんなことはおかまいなし。長い帯をぶんぶんと振り回して体に巻きつける。着物の着方も、お出かけ着であっても、着崩れる一歩手前に見えるけれど、それが全くみっともなくも下品でもない。気の張らない外出のときは帯板もしていないし、帯の結び方も背中にはりついたような小さなお太鼓で、礼装のときでさえ帯枕をしない。私はきんが袋帯を締めるシーンを見て、

「ああ、こんなに楽に帯が締められたらいいのに」

とつぶやいた。

きんは足をふんばって帯をくるくると巻き付け、背中でぐいっとひと結びしたかと思うと、小さな鏡台を見ながら、お太鼓の寸法の具合を見、帯揚げだけでひょいと背中に乗せる。それからお太鼓の大きさに帯を折り上げるのだが、お尻のほうに垂れる、たれのほうが長いとなると、背中を丸めてちょうどいい長さになるまでずり上げてしまう。帯締めをきっちり締めてしまえば、落ちてこない。それで一丁あがりなのだ。こんなにシンプルな着方だから脱ぐときも簡単で、きんが帯揚げの結び目をささっとほどき、右手でしゅっと一気に引き抜いたときには、

「おーっ」

といいながら拍手をしてしまったくらいだ。きんの着方を見ていたら、あまりにシンプルで格好よく、帯枕の紐やら帯揚げを、もたもたとほどいていた自分の姿が、間抜けて見えるほどだった。これは演じている樹木希林がふだん、そうやって着物を着ているからこそできる姿だ。彼女は三十そこそこで、みんなが当たり前に習い、従っていた着付けの方法ではなく、自分流の着方をすでにしていたのに違いない。向田邦子のイメージのなかにあった、おばあさんの複合体をはっきりと具現して、強烈な印象を与えた、樹木希林の力はとても大きい。

きんは里子と一緒に布団の打ち直しをしたり、梅干しを漬けたり、白瓜の雷干しをする。

「里子さんは手脚気《てがつけ》ねえ」

と嫁の不器用に呆れたり、ミヨ子に結納品のいわれを教えると、優越感を感じる。家族をひっかきまわすのもきんだが、あたふたしている家族をまとめるのも彼女だ。そんなときはいちおう家族に持ち上げてもらえるが、ふだんはやんちゃな幼児と同じ扱いで、尊敬とはほど遠い位置にいる。尿意を催して隣の母屋にあるトイレに走ると、後からってきた周平に横入りされ、イワさんだけではなく、孫くらいの年齢の若いタメにまで、「あっちに行け」だの「きたねえ」などといわれる。とても労られているとはいい難い。それに対してきんは怒って抗議するわけでもなく、むっとしながらも自分の部屋の隣にある仕事場を出ていく。

きんの部屋は母屋続きの離れにあり、そこにははね橋が造られていて、きんは気に入らないと、縄で橋を上げて家族が部屋に来られないようにする。そんなことをしても、庭づたいに行けるので意味がないのだけれど、きんは不愉快だという自分の気持ちを、より強く家族にわからせたい、わかってもらいたい、かまってもらいたいのだ。気にくわない気持ちが爆発すると、部屋で発煙筒を焚いたりもし、家族があわててかけつけてくれたのを見てはほっとする。貫太郎は「くそばばあ」と毒づくのだが、母親が元気な証拠と喜んでいるふうでもある。

きんを見て彼女が幸せだなあと感じるのは、ああだこうだと文句をいわれ、自分でも「早く死にたい」などといいながらも、お出かけのときは江戸趣味のいい着物を着、何かのときには頼りにされていることだ。そしてつねに周囲に人がいる。年寄りなりに不愉快で納得もいかず、むかつくこともあるだろうが、必ずつかず離れずで誰かがそばにいる。身内とうまくいかないときには、イワさんやタメ、貫太郎と同い年の向かいの花くまが、慰めてくれたり諭してくれる。周囲に人がいて孤独ではないということは、同時に人間関係の難しさも出てくるわけで、きんはそのなかで人の気持ちを敏感に察知し、勘違いし、我を張って生きているのだ。

人に好かれる老人であることが目的ならば、争いごとを好まず、いつもにこにこと感じがよく、身綺麗にしてでしゃばらず、そのうえ知識や教養があれば、間違いなく尊敬される。しかしそれができる人は、どれだけいるだろう。少なくとも私は無理だ。だいたい歳をとるたびに自分の欠点や個性が突出してきて、丸くなるどころか角ばってくるばかりだからだ。

向田邦子は老後について、

「あなたの隣に住んであげるとか、おいしいもの作ってとかいうけれど、私はまっぴらごめん。いまの家で死にたいわけよ。這いずってもいいから、食べられなくなったらコッペパンかじってもいいからひとりで住みたいの。老人ホーム行きたくないのね。人の作ってくれた食べものって、なんとなくいやじゃない。死んでもひとりでいたいわ」

(「向田邦子を旅する。」)

と話している。相当の頑固さである。歳をとったら、他人様にやっていただいたほうが楽でいいなどという感覚は、彼女にはなかった。

「寺内きんにとって、人生は、家庭は、『戦い』なのである。家族は時に戦友であり、時に敵である」「『あたしはトシだから』『面倒くさいことはカンベンして頂戴よ』と人生に対して白旗を上げてしまったが最後、残りの人生は、捕虜と同じである」(「寺内貫太郎の母」)

私は三十代のころから、毎日、風のようにやってきて、おいしい食事を作ったら、さっと帰ってくれる人がいたら、どんなにいいかと考えているような人間で、つまり若い頃から捕虜志望だったわけで、その「捕虜」という言葉にどきっとした。彼女がこの原稿を書いたときは四十四歳。そのときすでに、明確な老後のイメージを抱いていた。筋が通っているけれど、それはとても厳しい現実だ。悠々自適とか、残りの人生をのんびりすごすといったニュアンスからはほど遠く、覚悟しなければという強い意志が感じられる。この文章を読むと、老人になってもまだ闘わなくてはならないのかとも思う。

私はいまだに「いじわるばあさん」と「寺内きん」に憧れているだけで、現実的には何の作戦もわいてこない。「コッペパンかじっても」とはとてもいえない。もともと老人とは、すごろくでいえば、人としての「あがり」であり、そこにずっととどまってい るイメージだったが、実はそうではないとわかったのが、自分が五十歳を過ぎてからで、その意を強くしたのが、「寺内貫太郎一家」を見直してからだ。「あがり」は心臓が鼓動を止めたときで、それまではどんなに歳をとっても、自分でサイコロを振って、行きつ戻りつ生きていかなくてはならない。にこにこと愛想よくしてばかりはいられないのである。

自分の老後を考えたとき、モデルケースを求めるのは、無駄かもしれない。「いじわるばあさん」も「寺内きん」も架空の人物であり、たとえ実在の人物であっても、自分とは違う個性であり人間である以上、同じようにはなれないのは決まっている。人間という生物は、いくつになっても幸せいっぱいの日々というわけにはいかないようだ。年寄りは年寄りなりに、喜びも苦労もある。そしてそれは自分がその年齢に近付かないととてもわかりにくい。

若い頃は、ただ腹を抱えて笑って見ているだけだったけれど、「寺内きん」の姿を見て、前向きな「おばあさん道」を教えてもらったような気がする。私には子供も孫もいないし、彼女よりはずーっと小物であるが、「きったねえ」「あっちへ行け」「くそばばあ」などといわれながらも堂々と渡り合い、出るところに出れば江戸趣味のかっこいい寺内きんの姿を目にやきつけて、これからなるべくそこに近付けるように暮らしていこうと決めたのであった。

解説　やわらかい紬

鈴木マキコ

三省堂『新明解国語辞典』八版で、「作家」と引くと、「小説家として世に認められ、それで生計を立てている人。」と、あります。群ようこさんはそういう作家ですが、わたしは原稿を書くだけでは、生計を立てられないので会社でも働いている。勤め先は文藝春秋、部署は資料室。いろいろな意味で、大変緊張しながら、この原稿を書いています。

『還暦着物日記』が、二〇一九年一月に単行本で出た時のことは、よく覚えている。新しく本が出ると、資料室に「見本」として届く。ページ数、ＩＳＢＮコード、定価などのデータを入力するのが、わたしの仕事です。

「あ、群さんのお着物のご本だ」

と、本を手に取り、カバーの写真を見ました。印刷とはいえ、布の持つ力と色、織られている模様の見事さに圧倒されました。

本の中を見ると、とにかく強い力を放つ着物が、これでもかこれでもかと出てくる。

椅子から転げ落ちそうになりました。資料室のルーペで、「う、このお着物の八掛（着物の裏地）は何色なの？」と、袖口や裾をじっと見ました。

「あ、表の色にこの色か。はぁ、自由な発想だなぁ。こうは、なかなか思いつけないよ」と、思いました。同じことは、コーディネート全体を見ても思い、心の中は大騒ぎでした。たくさんのすてきなお着物を見せて下さり、ありがたいな、勉強になる、と思いました。

そうやってお着物を拝見していると、

「あれ、群さんのエッセイに出てくる、一番最初にお買いになったお着物は、一体どれだろう」

と、それが気になり、今回、解説を書かせていただくにあたり、群さんが最初にお買いになったお着物とお母さんのお着物についての記述を照し合せましたので、見て下さい。


二十頁右　山下八百子《やましたやおこ》作、鳶八丈《とびはちじょう》の着物に名古屋帯「インド花鳥文」

店主はカジュアルな江戸の町娘風の格子柄を薦めてくれたのだが、そのなかに他のものとは別格の美しい反物があり、私は、

「絶対にこれしか欲しくない」

とその反物を買った。

（『きものが着たい』）

三十二頁左　着物は笹文様のろうけつ染め紬に天蚕《てんさん》の帯

帯と帯締めは合うけれど、着物が合わないなど問題が出てきて、結局、母親のところからまわってきた、焦げ茶の紬地にブルーグレーと黄土色で笹の葉を臈纈《ろうけつ》で描いた紬小紋に、天蚕《てんさん》という自然に生育している蚕の糸をとって織った名古屋帯にした。無地なので帯締めも映える。

（『衣にちにち』）

百六十頁上　ＯＬのとき貯金をはたいて買った泥大島につづれ名古屋帯「耀彩段」

しかしそのおばあさんは、

「そんな、おばあさんが着るようなもの」

と文句をいい続けていた。小娘の買い物にぶつくさいっていないで、さっさと自分の着たいものを買えよと思いつつ、私は反物を何度も見比べて、そのなかでいちばん美しいと感じた反物を買った。反物についていた値段は八十万円で、貯金がすべてなくなる金額だった。

（『きものが着たい』）

着物は、お金がなければ買えないけれど、お金が有れば、必ず買うものでもない。その反物の価値を見抜く目と敬意、それを所有して大事にする覚悟。そして、大きな金額を払う度胸もいる。でも、『還暦着物日記』を見ていると、群さんが着物を買う時にはそれだけではない、何かもっとこわいような真剣さがあるのでは、と思えてくる。それは、伊兵衛織の着物や帯を見た時に、そう思った。この着物には、地鳴りがしそうな凄味と迫力がある。きっと普通の人は、選ばないし、着こなせないだろう。なぜ群さんの着るお着物は、こんなに手強いのか？　それを少しでも知りたくて、ご本を遡って読み直しました。

次々と大金が振り込まれるのが恐ろしくなり、これは遣ってしまわないと、自分がだめになってしまうと思い、二十代の後半に着物を何枚か買って以来、再び着物を買いはじめたのである。（『この先には、何がある？』）

はぁ、こういう理由で解毒のように着物を買う人は、一体どれだけいるのだろう。そして、お金については、これだけでは済まないのです。

突然に土地の頭金として、私の税金用貯金から奪われた二千万円がたたり、ずーっと尾を引いているのだ。（『ヒヨコの猫またぎ』）

ローンと母親の小遣いとで、毎月、八十万円の金額が消えていく。（『ぢぞうはみんな知っている』）

土地家屋のほうは弟との共同名義ということになった。私は三分の二を負担するのであるが、どうも狐《きつね》と狸《たぬき》にうまく騙《だま》された気がしてならない。（『ヒヨコの蝿叩き』）

群さんは、このローンを百八十回払うのに、その家に住む母親と弟からは合鍵も渡されず、そこには群さんの部屋もなかった。ひどい。

「それなら、払うのを止めればいいのに」

他人である読者は簡単にそう思う。でも群さんには、それは出来ない。


両親は、私が二十歳のときに離婚した。当時、事情を知った周囲の人は、

「大変だったわねえ」

といたわってくれたのだが、正直いって私は、ほっとした。母にいつごろから、離婚しようと思っていたかと尋ねたら、

「あんたが生まれてすぐよ」

という答えが返ってきて、私は二十年もそういう思いを胸に秘めていた母に、怖さすら感じていたからである。　　　　　　　　　　　　　（『ネコと海鞘《ほや》』）

父親は経済観念が全くなかった。母親とすれば、子供のために少しは父親らしいことをしてもらいたかったのだろうが、彼の態度は子供そのものだった。家計は父親が握っていた。家族の生活のことよりも、自分が欲しいものを優先的に買うので、せっかく収入があっても、私たちは彼が買ったドイツ製のカメラの残金で、細々と生活した。ひどいときは私の貯金まで引き出され、父親の釣竿に化けた。　（『本取り虫』）

群さんは、両親のやり取りをじっと見ていた聡明な娘であり、長女だった。お母さんの悲しみにも深く同情したからこそ、理不尽なローンも引き受けたのではないか。

半分泣きながら原稿を書き、いちばんひどいときには、月に十五本の締切があった。（『この先には、何がある？』）

必需品ではなく彼女が贅沢《ぜいたく》のために、家を含めて二億円近い金を遣ったのは間違いない。（『寄る年波には平泳ぎ』）

群さんは耐え忍んではいない。こういう時にも、ご自分のために着物を作り力を得て、「地獄の縄跳び」と呼びたい状況も見事に突破したのではないか。伊兵衛織や他の着物は、群さんを守る甲冑だったのかもしれない。

お母さんは、「歳をとったら着物だけを着るからとねだり」（『小福歳時記』）群さんに三百枚以上の着物を作ってもらっている。三百枚。どうして、そんなに？　と不思議に思った。その訳の一つはこれではないか、という記述をエッセイではなく、小説『母のはなし』で見つけた。

夏の土用に久しぶりに着物を虫干ししようと、タンスを開けたハルエは、

「あっ」

と大声を出した。母親がもたせてくれた着物が、忽然《こつぜん》と消えていた。残されていたのは、三つ寄せ菊菱《きくびし》の実家の紋が入った色無地一枚と黒羽織、そして襦袢《じゅばん》だけだ。

お父さんは買い値を叩かれる紋付き以外、十数点の着物や帯を黙って売っていたのだ。お母さんの悲しみは、一体どれ程だったただろう。『母のはなし』には、更にこんな記述もある。

アカネはハルエが着物を着て暮らしたいといっていたのをよく覚えていて、自分も着物が欲しいからと、目星をつけた呉服店にハルエを誘った。ハルエが実家から持ってきた着物をタケシが勝手に持ち出したのをとても怒っていて、

「それよりいい物を買いなさい」

とハルエに反物を選ばせた。

お父さんのした事は、深く家族を傷つけた。こんな思いをした優しい娘が、成功した作家になったら、やっぱりお母さんを喜ばせたいと思うだろう。

本書の写真に「母の〜」「母からの〜」と説明がある物は、群さんがお母さんに作った着物と帯だ。お母さんは二〇〇八年に脳内出血のため倒れる。お母さんの入院中に弟が、お母さんの着物と帯をタンス四棹分、群さんに送ってくる。畳紙を開けると、白カ

ビがびっしり生えた着物もあったそうです。群さんは、それを捨てる物と手入れする物に分けたという。「母の〜」「母からの〜」とある着物は、そうやって手入れをされて、また戻ってきた着物です。「お帰りなさい」と言いたくなる。そして、そのお母さんは、二〇二〇年二月に九十歳でお亡くなりになりました。

今回の文庫化に際し、収録された「向田邦子の着物」に、こんな記述がある。

ある日、和子さんは、

「私が歳をとったら着るから、それまでに着やすくしておいて」

と紬の着物と羽織のお対を手渡された。

（「着物の精神」）

着物に乗せて、心が渡されている。

群さん、お手元に戻ってきたお母さんの紬を、この先たくさんお召しになって、肩に沿うまでやわらかくして下さい。欲しい着物を娘に好きなだけ作ってもらえて、お母さんは嬉しかった。その喜びとしあわせを、全部その着物は見て知っている。戻ってきたその着物をお召しになること、それは、お母さんを最後まで大切になさった娘の群さんにしか出来ないご供養ではないか。誰かの着物を着ることは、その人の思いを心と体の全部で受け止めることだ、と思いました。

（作家）

単行本　二〇一九年一月　文藝春秋刊
向田邦子の着物
着物の精神（「オール讀物」二〇〇九年一二月号「向田邦子の着物」改題）
「おばあさん道」指南（「オール讀物」二〇一〇年三月号「向田邦子の老後」改題）

置き撮り・着付け・小物スタイリング：石田節子（衣裳らくや石田）

撮影協力：長谷川裕子　桂田敬子

ヘア＆メイク：橋本奈緒美

協力：木村いそみ（〆のや）

装幀：大久保明子

ＤＴＰ：エヴリ・シンク

撮影：釜谷洋史　橋本篤　杉山拓也

文春文庫

還《かん》暦《れき》着《き》物《もの》日《につ》記《き》

定価はカバーに表示してあります

2021年12月10日　第1刷

著　者　群《むれ》　ようこ

発行者　花田朋子
発行所　株式会社　文藝春秋

東京都千代田区紀尾井町3-23　〒102-8008
TEL　03・3265・1211㈹
文藝春秋ホームページ　http://www.bunshun.co.jp

落丁、乱丁本は、お手数ですが小社製作部宛お送り下さい。送料小社負担でお取替致します。

印刷・図書印刷　製本・加藤製本

Printed in Japan
ISBN978-4-16-791806-4

（　）内は解説者。品切の節はご容赦下さい。

向田邦子
無名仮名人名簿
世の中は「無名」の人々がおもしろい。日常の中で普通の人々が覗かせた意外な一面を、鋭くも温かい観察眼とユーモアで綴る。笑いながら涙する不朽の名エッセイ集。（篠﨑絵里子）
む-1-27

太田　光
向田邦子の陽射し
向田邦子を誰よりも讃仰している太田光による最も誠実なオマージュ。太田が選ぶ、「読む・観る向田邦子作品」ベスト10も収録。向田ファン、向田邦子を読んでいない太田ファンへ。
む-1-40

村松友視
帝国ホテルの不思議
日本のホテルの中でも明らかに特別な位置にある帝国ホテル。入口から内奥まで、誇りに満ちたおもてなしの流儀を持つ30人の職人を覗き穴に、その不思議を描き出す。（平岩弓枝）
む-3-3

村松友視
銀座の喫茶店ものがたり
日本の喫茶店文化には独特のものがある。銀座の喫茶店には更に違う何かがある。45の喫茶店を巡り、ふところ深い町の歴史とものがたりを浮かび上がらせる上質なエッセイ集。（名取裕子）
む-3-4

村松友視
北の富士流
北海道から単身上京して横綱に上り親方として二人の横綱を育て、NHKの相撲解説で人気の北の富士。江戸の香を今なお残す男として、男も女も魅了する〝粋〟と〝華〟の流儀。
む-3-5

群　ようこ
パンチパーマの猫
「我が身の事は人に問え」「ごまめの歯ぎしり」「生まれながらの長老なし」。おかしな人、心に染みる出来事に出会って、古くからのことわざを噛みしめる群ようこの、爆笑日常エッセイ集。
む-4-12

（　）内は解説者。品切の節はご容赦下さい。

よれよれ肉体百科
群ようこ

身体は段々と意のままにならなくなってくる。更年期になって味覚が鈍っても、自然に受け入れてアンチエイジングにアンチでいよう！　身体各部56カ所についての抱腹絶倒エッセイ。

む-4-15

ネコの住所録
群ようこ

幼い頃から生き物と共に暮らしてきた著者。噂話をする度に耳をそばだてる婆さん猫など、鋭い観察眼で彼らのしたたかさを見抜くが、そこには深い愛情があった。抱腹絶倒のエッセイ。

む-4-16

ネコと海鞘《ほや》
群ようこ

犬だって夢を見る、猫だって冷蔵庫に入りたい、ベルトだって空を飛ぶ……どうしてこんなにケッサクな出来事ばかり起こってしまうのか。群ようこの日常は面白い！　抱腹絶倒のエッセイ。

む-4-17

肉体百科
群ようこ

電車の座席に自分の「尻拓」が残ってしまったら、どうすべきか？　歳をとったらひじまで梅干し化する現実を踏まえつつ、今日も我が道を歩んでいく。身体について綴ったエッセイ集。

む-4-18

意味がなければスイングはない
村上春樹

待望の、著者初の本格的音楽エッセイ。シューベルトのピアノ・ソナタからジャズの巨星にJポップまで、磨き抜かれた達意の文章で、しかもあふれるばかりの愛情をもって語り尽くされる。

む-5-9

走ることについて語るときに僕の語ること
村上春樹

八二年に専業作家になったとき、心を決めて路上を走り始めた。走ることは彼の生き方・小説をどのように変えてきたか？　村上春樹が自身について真正面から綴った必読のメモワール。

む-5-10

（　）内は解説者。品切の節はご容赦下さい。

村上春樹
ラオスにいったい何があるというんですか？
紀行文集
ボストンの小径とボールパーク、アイスランドの自然、フィンランドの不思議なバー、ラオスの早朝の僧侶たち、そして熊本の町と人びと――旅の魅力を描き尽くす、待望の紀行文集。
む-5-15

村田沙耶香
きれいなシワの作り方
淑女の思春期病
初めての皺に白髪、通販の誘惑、自意識過剰とSNS、迫る「産むか産まないか」問題、最後のセックス考……これが大人の「思春期」？　悩み多きアラサー芥川賞作家の赤裸々エッセイ。
む-16-2

山崎豊子
『大地の子』と私
胡耀邦総書記との中南海での異例の会見、労働改造所、未開放地区への初めての取材、「三度捨てないで！」と叫ぶ戦争孤児たち……日本中を涙と感動でつつむ『大地の子』取材執筆の秘話。
や-22-5

山内マリコ
買い物とわたし
お伊勢丹より愛をこめて
週刊文春の人気連載「お伊勢丹より愛をこめて」が書き下ろしを加えて一冊に。蚤の市で買ったお皿からハイブランドのバッグまで、カラーイラスト満載で紹介するお買い物エッセイ。
や-62-1

吉村　昭
街のはなし
食事の仕方と結婚生活、茶色を好む女性の共通点、街ですれ違う気になる人、旅先でよい料理屋を見つける秘訣……。温かく、時に厳しく人間を見つめる極上エッセイ七十九篇。（阿川佐和子）
よ-1-34

吉村　昭
ひとり旅
終戦の年、空襲で避難した谷中墓地で見た空の情景、小説家を目指す少年の手紙、漂流記の魅力について――事実こそ小説であるという著者の創作姿勢が全篇にみなぎる、珠玉のエッセイ。
よ-1-47

（　）内は解説者。品切の節はご容赦下さい。

横尾忠則
インドへ
ビートルズに触発され、三島由紀夫に決定づけられて訪れたインド。芸術家の過敏な感性をコンパスとして、宇宙と自己、自然と芸術を考える異色旅行記。カラー口絵二十三ページ付。
よ-2-1

米原万里
ガセネッタ&シモネッタ
名訳と迷訳は紙一重。ロシア語同時通訳の第一人者が綴る、大マジメな国際会議の実に喜劇的な舞台裏を描いたエッセイ集。ガセネタも下ネタも、ついでにウラネッタも満載!!　（後藤栖子）
よ-21-1

米原万里・佐藤　優　編
偉くない「私」が一番自由
佐藤優が選ぶ、よりぬき米原万里。メインディッシュは初公開の東京外語大学卒業論文。単行本未収録作品も含む傑作エッセイを佐藤シェフの解説付きで紹介する。文庫オリジナル。
よ-21-7

渡辺和子・山陽新聞社　編
強く、しなやかに
回想・渡辺和子
二・二六事件で陸軍大将の父が殺されたのは九歳の時。シスターとなった後、若くして大学の学長に抜擢されるも、うつ病など試練の連続だった。信仰と教育に身を捧げた波乱の人生録。
わ-22-1

若松英輔
悲しみの秘義
暗闇の中にいる人へ——宮澤賢治や神谷美恵子、プラトンらの悲しみや離別、孤独についての言葉を読み解き、深い癒しと示唆で日経新聞連載時から反響を呼んだ26編。　（俵　万智）
わ-24-1

日本エッセイスト・クラブ　編
人間はすごいな
'11年版ベスト・エッセイ集
プロ・アマ問わず集めた良質なエッセイ52篇。100年前の女の子と鰹節、牡蠣養殖と津波、日記に記す天気印と妻の機嫌……人生模様を覗いてみませんか？　29年目の最終巻です。
編-11-29

（　）内は解説者。品切の節はご容赦下さい。

安西水丸
ちいさな城下町
有名無名を問わず、水丸さんが惹かれてやまなかった村上市・行田市・中津市・高梁市など二十一の城下町。歴史的事件や人物の逸話、四コマ漫画も読んで楽しい旅エッセイ。（松平定知）
あ-73-1

五木寛之
杖ことば
心に残る、支えになっている諺や格言をもとにした、著者初の語り下ろしエッセイ。心が折れそうなとき、災難がふりかかってきたとき、老後の不安におしつぶされそうなときに読みたい一冊。
い-1-36

井上ひさし
ボローニャ紀行
文化による都市再生のモデルとして名高いイタリアの小都市ボローニャ。街を訪れた著者は、人々が力を合わせ理想を追う姿を見つめ、思索を深める。豊かな文明論的エセー。（小森陽一）
い-3-29

池波正太郎
夜明けのブランデー
映画や演劇、万年筆に帽子、食べもの日記や酒のこと。週刊文春に連載されたショート・エッセイを著者直筆の絵とともに楽しめる穏やかな老熟の日々が綴られた池波版絵日記。（池内　紀）
い-4-90

伊集院　静
伊集院静の流儀
危機の時代を、ほんとうの「大人」として生きるために——。今もっとも注目を集める作家の魅力を凝縮したベストセラーが待望の文庫化。エッセイ、対論、箴言集、等々。ファン必携の一冊。
い-26-18

伊集院　静
眺めのいい人
井上陽水、北野武、色川武大、松井秀喜、武豊、宮沢りえ、高倉健など、異能の人々の素顔が垣間見える、著者ならではの交遊録。大ベストセラー『大人の流儀』は、本書があってこそ生まれた。
い-26-19

伊藤比呂美
犬心
十四年間ともに暮らしたジャーマン・シェパード、タケとの最後の日々。生と死を考えるなかで、重なるのは日米間で遠距離介護をしていた父の姿だ。詩人が綴る「命の物語」。（町田　康）
い-99-1

井上ユリ
姉・米原万里
プラハのソビエト学校で少女時代を共に過ごした三歳下の妹が、食べものの記憶を通して綴る姉の思い出。初めて明かされる名エッセイの舞台裏。初公開の秘蔵写真多数掲載。（福岡伸一）
い-104-1

宇江佐真理
ウエザ・リポート　見上げた空の色
鬼平から蠣崎波響など歴史上の人物、私淑する先輩作家、大好きな本、地元函館での衣食住、そして還暦を過ぎて思いがけず得た病のことなど。文庫化にあたり、「私の乳癌リポート」を収録。

う-11-20

上野千鶴子
おひとりさまの老後
結婚していてもしてなくても、最後は必ずひとりになる。でも、智恵と工夫さえあれば、老後のひとり暮らしは怖くない。80万部のベストセラー、待望の文庫化！（角田光代）
う-28-1

上野千鶴子
男おひとりさま道
80万部を超えたベストセラー「おひとりさまの老後」の第二弾。死別シングル、離別シングル、非婚シングルと男性〝おひとりさま〟向けに、豊富な事例をまじえノウハウを指南。（田原総一朗）
う-28-2

上野千鶴子
ひとりの午後に
世間知らずだった子供時代、孤独を抱えて生きていた十代のころ……。著者の知られざる生い立ちや内面を、抑制された筆致で綴ったエッセイ集。（伊藤比呂美）
う-28-3

上野千鶴子
上野千鶴子のサバイバル語録
「万人に感じ良く思われなくてもいい」「相手にとどめを刺さず、もてあそびなさい」――家族、結婚、仕事、老後、人生を前向きに生きたいあなたへ。過酷な時代を生き抜く140の金言。

う-28-4

内田洋子
ジーノの家
イタリア10景
イタリア人は人間の見本かもしれない――在イタリア三十年の著者が目にしたかの国の魅力溢れる人間達。忘れえぬ出会いや情景をこの上ない端正な文章で描ききるエッセイ。（松田哲夫）
う-30-1

（　）内は解説者。品切の節はご容赦下さい。

内田洋子
ロベルトからの手紙
俳優の夫との思い出を守り続ける老女、弟を想う働き者の姉たち、無職で引きこもりの息子を案じる母——イタリアの様々な家族の形とほろ苦い人生を端正に描く随筆集。（平松洋子）
う-30-2

遠藤周作
生き上手　死に上手
死ぬ時は死ぬがよし……だれもがこんな境地で死を迎えたい。でも死はひたすら恐い。だからこそ死に稽古が必要になる。周作先生が自らの失敗談を交えて贈る人生セミナー。（矢代静一）
え-1-12

江國香織
やわらかなレタス
ひとつの言葉から広がる無限のイメージ——。江國さんの手にかかると、日々のささいな出来事さえも、キラキラ輝いて見えだします。読者を不思議な世界にいざなう、待望のエッセイ集。

え-10-3

小川洋子
とにかく散歩いたしましょう
ハダカデバネズミとの心躍る対面、同郷のフィギュアスケーターの演技を見て流す涙、そして永眠した愛犬ラブと暮らした日々。創作の源泉を明かす珠玉のエッセイ46篇。（津村記久子）
お-17-4

奥田英朗
どちらとも言えません
サッカー後進国の振る舞いを恥じ、プロ野球選手の名前をマジメに考え、大相撲の八百長にはやや寛容？　スポーツに興味がなくても、必読。オクダ流スポーツで読み解くニッポン！

お-38-7

岡田光世
ニューヨークの魔法の約束
大都会の街角で交わす様々な〝約束〟が胸を打つ、大人気シリーズ第七弾。くり返しの毎日に心が乾いていたら、貴方も魔法にかかってみませんか？　文庫書き下ろし。（加藤タキ）
お-41-7

岡田光世
ニューヨークの魔法のかかり方
どこでも使えるコミュニケーション術を初めて伝授する第八弾。笑いと涙の話に明日へのパワーを充電できて英語も学べる！　女優・黒木瞳さんとの対談を特別収録。カラー写真満載。

お-41-8

岡田光世

ニューヨークの魔法は終わらない

道を聞けば周りがみな口を出す。駅のホームで他人同士が踊り始める——心と心が通い合った時、魔法が生まれる。大人気シリーズ最後を飾る書き下ろし。著者の秘蔵話と写真も満載！

お-41-9

大宮エリー

生きるコント

毎日、真面目に生きているつもりなのに……なぜか、すべてがコントになってしまう人生。作家・大宮エリーのデビュー作となった、大笑いのあとほろりとくる悲喜劇エッセイ。（片桐　仁）

お-51-1

大宮エリー

生きるコント 2

笑ったり泣いたり水浸しになったり。何をしでかすか分からない〝嵐を呼ぶ女〟大宮エリーのコントのような爆笑エッセイ集、第2弾。読むとラクになれます。（松尾スズキ）

お-51-2

開高　健

私の釣魚大全

まずミミズを掘ることからはじまり、メコン川でカチョックという変な魚を一尾釣ることに至る国際的な釣りのはなしと、井伏鱒二氏が鱒を釣る話など、楽しさあふれる極上エッセイ。

か-1-2

角田光代

なんでわざわざ中年体育

中年たちは皆、運動を始める。フルマラソンに山登り、ボルダリング、アウトドアヨガ。インドア派を自認する人気作家が果敢に様々なスポーツに挑戦した爆笑と共感の傑作エッセイ。

か-32-16

川上未映子

世界クッキー

読んだあとはどこか世界が変わってみえる——体、言葉、季節、旅、本、日常やあれこれ。『乳と卵』で芥川賞を受賞し、話題作を発表し続ける川上未映子が放つ、魅惑のエッセイ集。

か-51-2

川上未映子

きみは赤ちゃん

35歳で初めての出産。それは試練の連続だった！　芥川賞作家の鋭い観察眼で「妊娠・出産・育児」という大事業の現実を率直に描き、多くの涙と共感を呼んだベストセラー異色エッセイ。

か-51-4